Isabelle Richer
avril 2011

DE LA MÊME AUTEURE

*La croisade de Cristale Carton,* HMH Collection Plus, 2002
*Les carnets de Douglas,* Alto, 2007 (CODA, 2008)
*Le cœur de la crevette,* Alto, 2010

Christine Eddie

# Parapluies

Alto

**Catalogage avant publication Bibliothèque et Archives nationales du Québec et Bibliothèque et Archives Canada**

Eddie, Christine

Parapluies

ISBN 978-2-923550-65-7

I. Titre

PS8559.D438P37 2011 C843'.6 C2011-940493-1
PS9559.D438P37 2011

Les Éditions Alto remercient de leur soutien financier
le Conseil des Arts du Canada
et la Société de développement des entreprises culturelles
du Québec (SODEC).

Les Éditions Alto reconnaissent l'aide financière
du gouvernement du Canada
par l'entremise du Fonds du livre du Canada
pour leurs activités d'édition.

Gouvernement du Québec – Programme de crédit d'impôt
pour l'édition de livres – Gestion SODEC.

Illustration de la couverture : Pascale Bonenfant

ISBN : 978-2-923550-65-7

Pour Camille et Dominique

Comment une seule personne peut-elle suffire ?
On devrait être plusieurs sur une même vie.

Hélène Pedneault, *La déposition*

Je m'imagine toujours que quelque chose de merveilleux va survenir, comme la fin de l'occupation israélienne et le retour de la morue dans l'Atlantique. Ou des nouvelles de Matteo. Pour la Palestine et la morue, il faut s'armer de patience compte tenu de l'effondrement du monde dans les journaux. Mais pour Matteo, j'ai empoigné l'espoir avec la vigueur d'une carmélite et j'ai tenu bon, même si rien ne s'est annoncé à part la pluie. Il a plu durant trente-quatre jours d'affilée. Trente-quatre jours de brouillasse, sans soleil. C'est à peine si je m'en suis rendu compte, trop occupée à guetter le téléphone, un courriel, les bruits dans l'escalier. Rien. Silence radio. Matteo s'était défilé pendant que je dormais et, trente-quatre jours d'affilée, je suis tombée d'un centième étage en agitant les bras.

La plupart du temps, je me réfugiais chez moi où il se passait des choses terribles, comme la guerre au Darfour et des glissements de terrain en Chine et le Groenland qui fond un peu plus chaque semaine. Pour tenir le coup, je m'astreignais à des activités qui ne m'avaient jamais intéressée auparavant. Enlever les marques de doigts sur le chrome du robinet, border d'abord le pied du lit avant de faire les coins, tout ça. Je pouvais ainsi détourner mon esprit vers des sujets plus fondamentaux que les déserteurs de domiciles conjugaux. La moitié des primates est menacée d'extinction. L'autre moitié vit sans eau potable. Le fait de ne me reconnaître ni tout à fait dans un camp, ni tout à fait dans l'autre me consolait. Un peu.

Je vidais consciencieusement le lave-vaisselle, une fourchette à la fois, quand le lecteur de nouvelles m'a cassé les bras. Une Somalienne de treize ans qui avait dénoncé son viol à la milice s'était fait lapider à mort par cinquante hommes devant un millier de spectateurs. C'est un camion qui avait transporté les pierres jusqu'au stade. On les enterre jusqu'au cou avant de les frapper. Sur le coup, je n'ai rien su d'autre parce qu'ils ont enchaîné avec les nouvelles du sport.

Elle s'appelait Aisha.

Le lendemain, un entrefilet dans le journal m'a achevée. Il m'apprenait que le code pénal qui régit une lapidation demande que les pierres ne soient pas trop grosses, afin de garantir une mort lente et douloureuse. À partir de ce moment, Aisha m'a suivie partout. Son corps secoué de tremblements sous la terre lourde. Son cœur pulsant trop fort. Les mouvements hystériques de la foule. Le premier filet de sang, au bord des lèvres. Sous l'œil. Dans le cuir chevelu. Les cailloux lancés un à un, avec la force froide de la haine. Un camion entier de haine.

J'ai révisé de fond en comble ma définition du malheur. Pendant que la Somalie se qualifiait au record mondial de la barbarie, je mesurais ma chance. Contrairement à celle d'Aisha, ma vie ne s'était jamais tout à fait décousue, il y avait toujours eu un moment où le fil trouvait un nœud qui empêchait le tissu de se défaire complètement. Le vent soufflait dans le bon sens quand je suis née et mes parents en ont profité pour se faufiler dans la classe moyenne. Ils m'ont offert une jeunesse tranquille, loin des guerres et des dictatures qui brûlent le cerveau. Enfant, je regardais une partie de mes contemporains mourir à la télévision avec un ventre rond et des mouches qui leur frôlaient le visage. « Pense à l'Éthiopie », disait ma mère et je terminais mon assiette en pensant à l'Éthiopie, avant d'aller dormir sur mes deux oreilles. J'ai grandi à l'abri de tout, en ne manquant de rien, avec des drames d'enfant qui sentaient l'huile de foie de morue et les mitaines mouillées.

Adulte, je serais peut-être devenue une vraie boute-en-train si mes deux parents n'avaient pas eu l'idée de mourir en même temps et de me laisser toute seule derrière. J'aurais pu ne jamais venir à bout de ce deuil. Pourtant, j'ai quand même fini par tomber sur Matteo, qui a un don naturel pour la résurrection. Alors le soir, dans mon lit désert, en attendant qu'il revienne, je me couchais avec deux oreillers collés dans le dos et je serrais Aisha dans mes bras. La petite fermait les yeux en priant, ou bien elle les ouvrait en hurlant. Nous dormions mal.

En l'absence de Matteo, le travail aussi m'a éloignée du précipice, cinq jours sur sept, parfois jusque tard le soir. Je n'irais pas jusqu'à dire qu'il me rendait fringante parce que la révision de documents techniques n'a jamais été le métier que j'avais l'intention de choisir en sortant de l'université. Mais c'est celui qui s'est présenté. À force de petits contrats de correction et de réécriture, je suis devenue chercheuse de synonymes et réparatrice d'accords de verbes chez Tréma inc., une agence qui produit des catalogues électroniques. C'est très long à inscrire dans un formulaire, quand il faut préciser sa profession.

Tandis que Matteo se surpassait dans les amphithéâtres de l'université où il a vite pris l'habitude de briller, je me contentais donc de feuilleter des dictionnaires dans un décor qui déploie une palette soporifique de beiges : poudre de pistache, plage du Brésil, infusion de tilleul, taches de café sur le tapis. Chez Tréma inc., même les bacs de recyclage exhibent un joli ton de levure. Ce smog professionnel nous a été offert par le patron, M. Feng Shui, après qu'il ait appris que les couleurs vives rendent la cordialité et les comportements humains plus apparents, deux facteurs dont il serait prouvé qu'ils ralentissent le rythme de travail. Cette révélation l'a ensuite conduit à nous dépouiller des affreuses petites cloisons champagne qui servaient jusque-là à délimiter nos bureaux et auxquelles nous ne savions pas que nous étions aussi attachés, avant de les voir s'empiler sur un diable et partir vers une entreprise de mobilier de seconde main. Nous pouvions désormais travailler dans une aire ouverte qui permettait à l'énergie de mieux circuler et à chacun d'être observé par tous ses voisins en même temps. C'était censé prévenir les déséquilibres mais, s'il n'en avait tenu qu'à moi, nous n'aurions pas dû hésiter à réclamer un deuxième avis sur la question.

— Madame Dubois voudrait ajouter quelque chose, peut-être ?

— Non, non, monsieur F. Enfin, oui. Je signalais simplement à ma voisine que, depuis le nouvel aménagement, c'est plus difficile de… Vous savez… Ce que je veux dire…

— Quand on vous écoute, Béatrice, on se demande comment vous faites pour écrire. Passons au point suivant.

Le point suivant était la sécurité et, une semaine plus tard, des experts sont venus installer des verrous et des systèmes d'alarme hypersensibles à chacune des portes du bâtiment qui héberge l'agence. On nous a aussi munis de cartes à puce qui contrôlent nos allées et venues. Des caméras de surveillance nous épient maintenant jusqu'à la machine à café et les ordinateurs ont été enrichis d'un tas de bricoles sophistiquées, trop lourdes pour le système informatique qui, depuis, s'effondre tous les trois jours. Nous perdons ainsi des textes et du temps, ce qui rend la direction nerveuse. Toutefois, il faut bien admettre que, depuis tous ces changements, aucun taliban cachant une kalachnikov sous sa robe n'a déambulé dans les couloirs de Tréma inc. Et pas non plus d'enfant de quinze ans que nous aurions pu faire enfermer à Guantanamo.

Le soir quand je quittais l'agence, j'avais juste assez de force pour faire une course ou deux avant de m'arrêter au rez-de-chaussée, chez la mère de Matteo. Ce que j'aimais le plus chez Francesca, c'était son téléphone parce qu'il semblait constamment sur le point de sonner. Il était posé sur une table basse, entre nos deux fauteuils. Un modèle blanc assez laid, avec des numéros géants pour les presbytes et le bouton du volume réglé à maximum. Je ne le quittais pas des oreilles, prête à répondre. Tiens, c'est toi ! Je te passe ta mère tout de suite, mais dis-moi à quelle heure tu penses rentrer ?

En attendant qu'il sonne, je pouvais toujours admirer l'exposition de photos qui encombre le buffet rococo, avec peut-être une touche de néogothique, pour ce que je m'y connais. On y voit Matteo une fois avec son père dans un manège d'autos tamponneuses. Sinon, il est toujours avec elle, en noir et blanc. Matteo et sa mère au milieu d'un jardin, Matteo et sa mère à Venise, Matteo et sa mère sur un balcon, dans une église, sous une glycine, devant l'arbre de Noël, derrière un gâteau d'anniversaire. Tout le monde sourit, comme au cinéma. Aucune photo de lui depuis quinze ans, c'est-à-dire depuis qu'il vivait avec moi.

Francesca n'a jamais manifesté beaucoup d'enthousiasme à mon endroit, mais à partir du moment où son fils s'est volatilisé, notre relation a pris une tournure plus strictement télévisuelle. Matteo lui avait offert un écran plat pour Noël et je la soupçonnais d'avoir effectué un transfert affectif sur la télécommande. Ça m'a frappée, un soir qu'elle se passionnait pour un dénoyauteur multifruits muni d'un réservoir amovible et de plaques interchangeables. Un seul versement de trente-neuf dollars quatre-vingt-dix-neuf sous. Évidemment, les frais d'expédition décrits en caractères microscopiques étaient « en sus », une expression que personne n'utilise parce que quand on tait le *s*, on passe pour snob et si on le prononce, l'entourage baisse les yeux. Bref, le dénoyauteur m'a laissée perplexe, surtout lorsque la dame qui faisait la démonstration avec son kilo d'olives noires nous a informées sans rire que cet appareil était idéal pour le camping.

Francesca n'avait sûrement jamais fait de camping et, à son âge, je doutais qu'elle s'y mette un jour. Je l'ai toujours connue vieille, même avant que Matteo n'aille la chercher avec son buffet fioriture. Elle vivait dans le logement du rez-de-chaussée depuis presque deux ans, et pourtant, elle n'avait toujours pas l'air de comprendre un mot de français. Comme mon italien n'est pas fort non plus, nous communiquions surtout par signes. J'ai quand même vu qu'elle était retournée. C'était peut-être les olives qui la rendaient nostalgique. Ou l'absence de son fils, ce qui nous aurait fait un premier point commun. Pour faire diversion, j'ai augmenté le son de la télévision et on a plutôt évalué ensemble l'intérêt de se procurer un cœur en or blanc, vraiment pas cher, serti de soixante-quinze diamants du Botswana datant d'un milliard d'années.

Ça ne me dérangeait pas d'avoir quarante ans. Ma vie privée m'entoure de demi-siècles, ce qui me confère, d'année en année, le statut de benjamine systématique. Pas d'angoisse de la ride, non plus, ni de fixation sur mon horloge biologique depuis que ma gynécologue avait décrété qu'aucun bébé ne supporterait de passer neuf mois dans mon utérus. Je m'accommodais donc d'une existence canalisée autour de Matteo et de Tréma inc. J'étais peinarde et philosophe et quarante ans me convenaient tout à fait. Pourtant, si c'était à refaire, je choisirais de rester suspendue au trois cent-soixante-quatrième jour de mes trente-neuf ans.

Ça ne m'a jamais dérangée, non plus, de ne pas avoir d'amis à moi pour aller au cinéma ou pour parler pendant une heure au téléphone le dimanche après-midi. Ça m'était d'autant moins nécessaire que Matteo est arrivé dans ma vie tout équipé. Il formait déjà, avec Jacob et Pierre, un trio solide dans lequel je me suis faufilée par alliance. Lou, la troisième conjointe de Jacob, et Mimi, la deuxième de Pierre, faisaient partie du décor et je les fréquentais lorsqu'elles étaient en paire autour de Matteo, c'est-à-dire au moins une fois par semaine. Alors, quand Matteo m'a emmenée au restaurant pour célébrer mon anniversaire, j'ai pris un air émerveillé en les découvrant tous les quatre qui piaffaient dans l'alcôve réservée à notre nom.

Le restaurant proposait des sushis au foie gras, des makis à la crème d'oursin et une addition salée. Le service était trop lent mais la soirée s'est envolée grâce à Matteo qui racontait ses dernières frasques universitaires. Nous nous étions disputés la veille, mais là, assis en face de moi, il faisait le clown, n'exprimait aucune rancune. Pas le plus petit glaçon dans le regard. Il me tendait quelques algues au bout de ses baguettes, il remplissait mon verre de saké en souriant et je lui renvoyais l'ascenseur sans effort. C'était mon anniversaire. Je lui trouvais même l'air heureux, preuve que mon sixième sens avait déjà commencé à décélérer. À ma décharge, il faut convenir que sur les photos prises de trop près, décentrées ou floues, nous sommes tous hilares et, si je grossis l'image à l'aide du zoom de l'ordinateur, je ne vois aucun détail qui ferait mentir l'allégresse contagieuse de Matteo.

En rentrant, un peu avant minuit, il a ouvert la télévision pour écouter les résultats d'un match pendant que je remorquais mes quatre décennies jusqu'à la chambre, en me tenant au mur à cause du saké. Fébrile à l'idée de recevoir enfin mon cadeau d'anniversaire, j'ai fait couler l'eau du bain en fredonnant quelque chose de joyeux, sûrement. Rétrospectivement, j'avoue que peu d'indices pouvaient laisser croire qu'il m'avait réellement retenu un billet d'avion, mais ce sont à ceux-là que j'étais accrochée depuis deux semaines, aussi confiante qu'une trapéziste qui sent le filin solidement attaché à sa ceinture. Il partait deux semaines plus tard. Un séminaire d'été sur l'ambiguïté dans l'imaginaire occidental, ou peut-être sur l'imaginaire d'un Occident ambigu, ce genre de sujet est réversible à volonté. J'ai simplement retenu que ça se déroulait à Palerme et que Matteo avait acheté assez de crème solaire pour deux. Il fait chaud en Sicile, début juillet.

Le match devait s'éterniser en prolongation et je n'en pouvais plus d'attendre. Alors, j'ai fouillé dans la serviette de Matteo qui se trouvait près de la porte. J'ai passé ma main sous les oreillers. J'ai cherché dans le tiroir de sa table de chevet. Je n'ai pas pensé à regarder sous le lit.

J'ai probablement posé ma tête sur l'oreiller en contemplant le mont Pellegrino et la Méditerranée. Peut-être qu'on irait aussi à Syracuse, si Matteo parvenait à s'extirper de son séminaire. À l'agence, une banque de congés m'attendait et je m'étais assurée de pouvoir obtenir une libération de cinq jours sur un simple coup de fil. J'ai dû m'endormir en composant mentalement le numéro.

Notre appartement est chauffé avec de gros radiateurs à eau chaude et, quand Francesca a besoin d'aide, elle tapote avec sa canne celui de la pièce où elle se trouve. Le son monte chez nous à mille deux cents kilomètres à l'heure. Quand nous sommes là, l'un de nous descend voir ce qu'elle veut, plutôt Matteo que moi puisque c'est lui qui en a la garde. Le ploc-ploc familier m'a réveillée. J'ai ouvert un œil à la fois pour constater qu'il était presque dix heures. Je n'avais pas dormi autant depuis la fin de la guerre du Liban.

Un pressentiment m'a tout de suite fait de grands signes affolés parce que l'oreiller de Matteo était resté lisse comme un mur. Pourtant, je l'ai chassé en enfilant machinalement ma robe de la veille. Dans le salon, le téléviseur était fermé. Matteo n'avait probablement pas dormi devant. Ça ne m'a pas empêchée d'accélérer le pas dans le couloir. En traversant l'entrée, j'ai bien vu que l'écharpe de Matteo ne se trouvait plus sur la patère. J'ai quand même couru en bas, comme si de rien n'était.

Francesca était tombée en voulant attraper un vase rangé au-dessus d'une armoire de sa cuisine. Elle n'avait apparemment rien, si l'on fait abstraction du dos qu'elle a fragile depuis qu'elle vit ici, à cause du climat, se plaint-elle. Nous avons mis les fleurs dans l'eau, des lilas déjà roussis, qu'elle avait cueillis dans la cour. J'ai pris le temps d'écouter son babillage confus. Elle me demandait si Matteo pouvait enfin faire venir quelqu'un pour réparer son *tostapane,* comme il l'avait promis, et si le réparateur de grille-pain n'en profiterait pas pour ajuster l'antenne parabolique. Francesca voulait capter la messe de minuit directement du Vatican. Nous étions à six mois de Noël. J'ai continué à faire celle qui n'a aucun talent pour les langues à part la mienne, ce qui, en vérité, me vient naturellement.

Elle a fini par se calmer et moi, par m'éclipser. J'ai attrapé le journal sur le palier avant de rentrer chez moi. À l'étage, j'ai continué à ignorer le pressentiment qui se baladait maintenant en sifflotant, de mon cerveau gauche à mon cerveau droit. Le portefeuille et les clés de Matteo ne traînaient nulle part. Par contre, sa valise dormait toujours dans le placard, sa serviette était posée derrière la porte de notre chambre et sa brosse à dents, au bord du lavabo, avec le tube de dentifrice ouvert. La vaisselle de nos deux derniers petits-déjeuners patientait encore sur le comptoir. Mis à part l'écharpe, les clés, le portefeuille et Matteo, rien n'avait bougé depuis la veille. C'était samedi, j'avais tout mon temps, je n'étais pas encore inquiète. Je me suis même un peu excitée en me demandant quel cadeau d'anniversaire pouvait obliger Matteo à filer en douce pendant mon sommeil.

Dehors, le ciel était gris et il pleuvait.

Beaucoup de gens cherchent, toutes les trente minutes, à savoir ce qui se passe dans la tête de leur conjoint. À quoi tu penses? Tu vas où? C'était qui? Pas nous. J'aurais été incapable d'accrocher un bracelet électronique au poignet de Matteo et il était entendu que ce serait vice-versa. N'empêche, à midi, j'ai quand même appelé Jacob et Lou, puis Mimi et Pierre. Ils n'avaient pas revu Matteo depuis le restaurant, mais quelle forme il tenait hier soir, hein? J'ai aussi essayé son bureau, à l'université, où il n'y avait que le répondeur. Je n'ai pas laissé de message. En raccrochant, je suis retournée chez Francesca parce qu'il passe parfois chez sa mère avant de rentrer. Elle était toute seule, rivée à sa télévision devant une anorexique musclée qui avait perdu quinze kilos en un mois, sans effort. L'appareil de musculation, qu'elle caressait comme si c'était un canapé de velours, respectait nos articulations. Il pouvait être livré à domicile à un prix ridicule, à condition de se le procurer dans les cinq minutes qui suivaient. Francesca avait l'air tentée. Moi, moins. Je suis remontée.

J'ai été prise d'une frénésie de ménage. J'ai si bien frotté et rangé que l'appartement s'est mis à ressembler à celui de quelqu'un d'autre, quelqu'un qui vivrait dans un magazine haut de gamme avec un mari qui rentre à la maison en criant : Chérie, devine quoi ? j'ai deux billets d'avion, sors ton passeport. Je n'ai pas pris le temps d'admirer mon œuvre, il restait l'aspirateur à passer. Je me souviens du fil qui s'entortillait et des brosses que je changeais à toute allure, parce que j'avais hâte d'en finir. Puis, sous le lit de notre chambre, l'appareil s'est étouffé. Je me suis penchée pour voir ce qui n'allait pas.

Une petite culotte. Avec de la dentelle rose pâle. Trop délicate pour moi, mais trop grande pour le goulot de l'aspirateur.

Je me suis assise sur le lit avec le froufrou poussiéreux pendant que l'aspirateur continuait à rugir. Je me souviens que mes jambes refusaient de bouger et qu'un boa constrictor s'est installé dans ma poitrine. Après, c'est le trou noir. Je sais que j'ai pris mes cinq jours de vacances, mais je n'ai aucun souvenir d'être allée en Sicile et d'avoir admiré la Méditerranée.

La première fois que j'ai vu la mer, c'était aux Îles-de-la-Madeleine où je passais une semaine de vacances avec Numéro Un. J'avais dix-huit ans et Numéro Un, comme l'indique son nom, était le dépositaire de ma virginité.

Les piquets neufs de la tente commençaient tout juste à s'habituer au sable fin de Havre-Aubert quand Numéro Un a profité de l'enthousiasme qui m'envoyait gambader dans le foin de mer pour s'éclipser avec la motocyclette, le billet du traversier et la voisine du camping. Privée de mon unique moyen de locomotion, j'ai arpenté la plage dans l'espoir d'apercevoir la silhouette d'une Kawasaki sur la dune. J'ai fini par échouer sous une falaise, comme un béluga nourri aux BPC. Il n'y avait plus que le petit pas nerveux des pluviers siffleurs et la berceuse du ressac pour me consoler. Rien à voir avec les flac-à-flac des bords de lacs, de rivières ou même du fleuve, seules rives que j'avais connues jusque-là.

Mon tête-à-tête avec les vagues a duré cinq jours au terme desquels j'ai remballé la tente, bourré mon sac à dos d'agates et jeté dans une poubelle publique le kilo de kleenex qui m'avait tenu compagnie pendant les vacances. Au moment de l'embarquement pour le retour, j'ai vu arriver Numéro Un au guichet du traversier. La voisine du camping n'était nulle part en vue. Soulagée, je n'ai pas fait d'histoires, à cette époque les filles se taisaient encore. Je me suis réfugiée sur un des ponts du bateau et lui, sur l'autre. Arrivée à terre, je me suis installée sur la motocyclette en me rapetissant le plus possible. Accrochée à sa taille, je ressassais un mélange de colère, de ressentiment et d'abattement. Les quatorze cents kilomètres qui nous ont ramenés en ville ont été avalés deux fois plus vite qu'à l'aller.

C'est aux Îles que les rapports incertains entre la fidélité et la testostérone me sont apparus clairement pour la première fois. Tout comme le fait que ce n'est pas la septième vague qui est la plus forte. C'est la troisième.

Matteo Jordi est Numéro Trois.

J'ai rencontré Matteo dans un ascenseur, ce qui m'a tout de suite paru de bon augure vu l'exiguïté des lieux et son potentiel d'intimité. Il laissait traîner un peu de soleil sur son accent et jouait du regard avec adresse. Je n'allais évidemment pas être la première thésarde à tomber dans ses bras. J'avais moi-même pris l'habitude de batifoler avec une partie du syndicat des professeurs depuis que Numéro Deux n'avait finalement jamais quitté sa femme pour moi. Mais, en apercevant la tignasse sombre du titulaire de la nouvelle chaire de littérature comparée, j'ai entrevu, pour la première fois depuis la mort de mes parents, la possibilité d'une suite ininterrompue de ciels bleus.

En quatre étages, nous sommes passés du vous au tu et, en un trimestre, du tu au nous. J'ai sous-loué mon loft et déménagé chez lui, rue des Tilleuls, dans six pièces toujours en désordre. Le samedi soir, Matteo invitait ses copains autour de la grosse table en chêne de la salle à manger. Je ne me lassais pas de l'écouter faire le pitre. Je riais tellement que les cinquante muscles de mon visage étaient les plus fermes en ville. Au début, nous commandions des pizzas, buvions de la bière et fumions nos cigarettes en discutant de ce qu'il fallait faire pour que le monde change. Des centaines de samedis soirs plus tard, nous avons fini par commander des sushis, boire du chablis et cacher les cendriers en espérant que nous serions encore là quand le monde redeviendrait comme autrefois.

Aujourd'hui, la table est déserte. Lou appelle bien tous les trois jours, mais au ton de sa voix on sent que c'est un pensum qu'elle inscrit dans son agenda : appeler Béatrice — vérifier sa santé mentale. Je lui réponds n'importe quoi et elle m'écoute un moment avant de raccrocher gentiment, sans insister. Quant à Mimi et Pierre, ils n'ont plus mis les pieds ici depuis le mois de juin et, quand je les ai croisés par hasard dans la rue, ils se sont empêtrés dans une compassion affolée qui m'a hérissée. Je les préférais avant. Je préférais tout avant. L'insouciance, la tranquillité rassurante de ma vie à deux. Toutes ces années pendant lesquelles nous avons navigué sur une mer calme, avec juste ce qu'il fallait de brise pour avancer. C'est Matteo qui tenait la barre. Personnellement, je n'ai jamais pensé qu'il me faudrait un gilet de sauvetage.

À part la trotteuse de l'horloge accrochée sur le mur qui fait face à ma table de travail, je ne comptais pas davantage d'amis au bureau qu'ailleurs. Peut-être parce que le personnel arrive et repart en congé de maternité tous les six mois, remplacé par des jeunes de plus en plus enceintes tandis que moi, je me contente de vieillir. Je m'efforçais quand même d'offrir mon meilleur profil à la caméra de l'entrée pendant que les jouvencelles enlevaient leur casque de cycliste, en vérifiant si leur cellulaire avait bipé pendant qu'elles pédalaient sous la pluie. Aucune ne semblait attendre mon grain de sel. J'ai pourtant déjà eu des collègues qui se tordaient devant ma bonne humeur. Mais avec le départ de Matteo et des cloisons, avec la surveillance de nos allées et venues, la guerre en Afghanistan et cette météo qui laissait ses traces sur le tapis et dans les ascenseurs, l'atmosphère au travail n'avait plus tellement la cote.

Je m'ingéniais à rédiger un texte de vingt lignes sur les chaussures de curling dont les semelles peuvent être glissantes ou antidérapantes, selon qu'on lance ou ne lance pas la pierre. Ça paraît simple au départ, sauf que les lanceurs gauchers ont la semelle glissante au pied droit, alors que les lanceurs droitiers l'ont sous le pied gauche. De plus, la semelle antidérapante peut s'ajouter à la semelle glissante et des semelles glissantes peuvent aussi être installées sur les semelles antidérapantes. Je n'arrivais pas à comprendre quelle semelle un lanceur droitier pouvait avoir au pied droit, et pas non plus…

— Madame Dubois !

Pendant quelques jours, tout le personnel, incluant Feng Shui, m'avait traitée avec une telle indulgence que j'aurais juré que le monde entier savait que Matteo s'éclatait avec une petite culotte XXS. Mais ça n'a pas duré longtemps, cette histoire d'indulgence.

— On ne vous demande pas de jouer au curling, on vous demande de décrire une chaussure ! Je veux ce texte sur mon bureau avant midi. C'est clair ?

Le problème avec Feng Shui, c'est qu'il a beaucoup de mal à formuler des questions ouvertes. Et le problème avec Matteo, c'est que son passeport était resté sagement rangé dans le tiroir de la commode. L'idée qu'il soit toujours dans le même pays que moi m'a d'abord réconfortée, même si j'ai regretté que nous ne vivions pas dans les cinq cents mètres carrés de la principauté de Sealand. Il n'était donc pas parti en Sicile. Il n'avait pas dormi à la maison. Il n'avait prévenu ni sa mère, ni moi. Il n'avait laissé aucune explication. Il n'avait rien emporté avec lui. Il s'était levé, avait éteint la télévision et pris le large. Tout ça après avoir enlevé sa culotte à une fille aux goûts vestimentaires douteux, dont les hanches étaient si étroites que ses épaules devaient la déséquilibrer quand elle marchait sous une brise légère. Dans notre lit. Ça me donnait la nausée. Surtout la fille.

— Béatrice, je vous signale que j'attends une réponse.

— D'accord. C'est clair.

Mon patron a un faible pour les dénouements rapides et ce n'est pas une grosse affaire de lui en proposer un de temps en temps si ça lui fait plaisir. Je l'ai regardé rebrousser chemin comme un sultan habitué à ce que le harem s'incline, pendant que mes collègues fraîchement émoulues de la maternelle faisaient semblant de ne pas nous avoir écoutés. J'en ai profité pour replonger dans mon clavier en mettant ce qui me restait d'ardeur dans les semelles. Jusqu'à onze heures cinquante-neuf, j'ai même oublié de regarder la trotteuse. Quand je suis allée porter mon texte imprimé en Arial 12, la porte de Feng Shui était fermée à double tour et Jenny, la secrétaire, a simplement pris ma feuille en me tendant une nouvelle commande. Excédée, je lui ai arraché la notice des mains : sectionneurs pour fusibles à couteaux. Ça tombait bien. J'étais prise d'une envie folle de tuer.

Je ne suis pas arrivée à déverrouiller la boîte de courriels de Matteo. J'ai défilé à l'endroit et à l'envers toutes les dates de naissance de notre entourage, tous les noms et prénoms de ses aïeux, en remontant jusqu'à Léonard de Vinci. J'ai inventé des mélanges de chiffres et de lettres, en plusieurs langues, qui n'ont fait qu'accroître ma frustration. Le code d'accès s'avérait compliqué et il ne semblait pas contenir mon prénom, ce qui m'a sapé le moral. Alors je lui ai écrit. Un jet de colère qui n'en finissait plus. Au bout de quelques heures, j'ai tout effacé sauf le dernier mot. Reviens. J'ai cliqué sur « envoyer » de toutes mes forces.

Francesca était vieille, mais pas encore assez pour oublier qu'elle avait un fils. Depuis le dépeuplement de mon couple, elle passait ses journées assise devant la télévision avec un papier-mouchoir en boule qu'elle sortait de sa manche pour y plonger bruyamment le nez aussitôt que j'avais le dos tourné. Je ne suis pas très portée sur les cancans extramaritaux, à plus forte raison ceux qui me concernent, alors, dès le début, j'ai fait semblant que Matteo était en voyage. J'ai dit à Francesca qu'il avait dû partir plus tôt pour Palerme, *colloquio molto importante,* parce que la télévision — j'ai dit « la RAI », pour l'impressionner — voulait parler de son livre. J'ai lancé la nouvelle d'une voix assurée en m'installant à ses côtés. Quand j'ai levé la tête, elle me regardait avec ses yeux inoxydables, mais j'ai quand même eu l'impression qu'ils étaient sur le point de s'embuer à nouveau. Je me suis empressée d'en rajouter en affirmant, guillerette, qu'il reviendrait bientôt. Elle s'est remise à fixer la télévision sans dire un mot et j'étais si soulagée qu'elle ne m'ait posé aucune question, que j'ai failli acheter un four cyclonique multifonction et autonettoyant, idéal pour personne seule.

J'avais ma fierté et je n'allais pas étaler mon gâchis conjugal sur la place publique. Mais je ne regarderais pas non plus les heures passer, les jambes croisées en demi-lotus. Ma principale piste était un sous-vêtement grotesque que j'avais enfermé, d'une pression du doigt, dans un sac de plastique pour ne pas avoir à y toucher. Plus je détaillais l'objet, plus je me rappelais que les professeurs d'université sont entourés de jeunes filles belles comme leur âge qui volètent dans les couloirs et arrivent en retard au cours en dérangeant un maximum d'étudiants parce qu'elles choisissent de s'asseoir dans le siège le plus inaccessible de l'amphithéâtre. Si ma piste menait à une étudiante, les recherches seraient sans fin, d'autant plus que les cours ne reprenaient qu'en septembre. Sinon, qui? Collègues, amies, voisines. J'ai dressé des inventaires. J'ai même pensé à l'épicière du quartier qui rend toujours sa monnaie à Matteo comme si elle était sur le point de lui faire une parade nuptiale.

Il y a trois virgule quatre milliards de femmes sur la terre. La tâche m'a paru démesurée. Pourtant, plus les jours passaient, plus je me rappelais que Matteo embauchait chaque année une assistante. Vu du nouvel angle sous lequel j'observais dorénavant mon couple, il me revenait qu'il en parlait souvent, peut-être plus que des précédentes. Il lui avait rapporté un bijou de son voyage aux États-Unis. J'aurais dû être plus attentive. Elle s'appelait Delphine. Ou Danaë. Un prénom de nymphette. Je n'arrivais plus à me souvenir que de bouts de phrases anodines dont la fin m'échappait, alors que c'est de la fin, justement, dont j'avais besoin. Bon, je file : je vais porter les corrigés à Delphine (ou Danaë) à la... Sais-tu ce que m'a dit Danaë (ou Delphine) quand elle...?

Eh bien non, je ne savais pas parce que je n'écoutais que distraitement nos conversations quand elles frôlaient le tapis. Après cinq mille jours de vie commune, quelle femme tend encore l'oreille au ronron de son conjoint? Je me contentais d'acquiescer de temps en temps pour montrer que j'étais toujours là, en attendant un échange qui en vaille la peine. Que Matteo parle de son enfance italienne. Qu'il raconte un détail fascinant, découvert dans une note de bas de page. Qu'il sorte sa guitare pour me chanter *Bella ciao* ou me demande mon avis sur un auteur exotique. Je n'ai jamais ramené Feng Shui à la maison, alors ses histoires de département, toujours les mêmes, ou son assistante dont il change tous les ans? J'acquiesçais.

Puis ça m'est revenu, en triant nos disques par ordre alphabétique pour m'occuper les mains. Je regardais la photo de Renée Fleming interprétant Strauss. Tragédie bucolique en un acte. Ça me rappelait quelque chose.

Bien sûr. Elle s'appelait Daphné.

L'électricité ne m'a jamais passionnée et je n'ai aucun talent pour la physique. Le seul intérêt que j'ai trouvé aux sectionneurs pour fusibles à couteaux c'est qu'ils pouvaient être bipolaires, ce qui permettait d'obtenir un courant continu. Moi aussi, j'avais parfois l'impression de devenir bipolaire alors que, malgré mes efforts pour faire écran, j'entamais une phase nettement plus dépressive. Après quelques soirées silencieuses devant la télévision, j'ai finalement avoué à Francesca que je ne savais pas quand Matteo rentrerait, mais que ça ne tarderait pas et, quand elle m'a presque ouvert ses bras, j'ai presque eu envie de m'y précipiter. À la place, j'ai proposé de changer de chaîne. Nous avons ainsi veillé l'une sur l'autre, ce qui ne m'a pas empêchée de m'effriter toute seule.

Au bureau, la présence d'Aisha me soutenait, mais Feng Shui continuait de ne m'être d'aucun secours. J'avais beau lui répéter que je souhaitais rédiger davantage de textes pour les catalogues éducatifs ou culturels, il s'acharnait à me confier des thèmes hyperspécialisés dont personne d'autre ne voulait.

— C'est parce que vous êtes ma meilleure, Dubois.

Quand un patron regarde ailleurs en vous lançant une fleur, c'est que son bouquet est dégarni. Plus je protestais, plus les notices techniques tombaient sur mon bureau, comme des gifles : aéronef à décollage court, bac à boue de forage, solin de cheminée... J'en avais assez. De but en blanc, j'ai interrompu une recherche sur l'éclissage des voies ferrées pour me consacrer à Daphné. Pendant les heures de bureau. Le code d'éthique ne l'autorisait pas, mais j'estimais que le code d'éthique m'en devait une.

Vingt minutes plus tard, ça y était. Trouver Daphné s'est avéré beaucoup plus simple que s'évertuer à décrire un boulon de chemin de fer. Le bottin électronique de l'université permettait de retracer les gens par leur prénom et par département. Une seule Daphnée, avec un *e,* en littérature. Elle avait le culot de s'appeler Sanschagrin, la petite gueuse ! Vingt-six entrées à son nom dans Google, presque toutes pour une poignée d'articles que personne, vraisemblablement, ne lirait à moins d'y être, comme moi, obligé. Pas de photo. Pas de profil sur Facebook ou Twitter.

Tant pis. J'ai imprimé la liste des adresses postales et des numéros de téléphone des trois D. Sanchagrin qui vivaient en ville et je l'ai glissée dans mon sac avec celle de ses œuvres somnifères. Puis j'ai annoncé à Jenny que ma migraine devenait intenable et que je m'absentais au moins jusqu'au lendemain.

— Qu'est-ce qu'on fait pour les voies ferrées ?

J'ai haussé les épaules et je suis sortie. Indifférente.

Des infirmières ont déterré Aisha, au cours de la lapidation, pour vérifier si elle était toujours vivante. Elle l'était. Un espoir fulgurant a dû la traverser, malgré la douleur. On l'a replacée dans le trou pour l'achever. Mon sort continuait à demeurer enviable à côté du sien, et l'adolescente passait son temps à me le rappeler. C'est seulement pour savoir, que je lui expliquais. Après, je tournerai la page.

Il était hors de question que je remette les pieds sur le campus mais, par chance, la bibliothèque municipale était abonnée à une des revues de littérature comparée dans laquelle M^lle^ Sanschagrin s'était commise. Rien de spectaculaire. Quinze pages sur l'alexandrin à rimes plates alternées chez les poètes lyriques québécois et canadiens de la deuxième moitié du XIX^e^ siècle. Avec un sujet pareil, Daphnée devait s'endormir comme un bébé quand elle posait sa tête adultère sur l'épaule velue de mon amoureux. J'espérais seulement que le ronflement de Matteo s'empressait alors de dépasser les quatre-vingt-quinze décibels.

Le répondeur de la première D. Sanschagrin était plombier. Le second, qui s'appelait Daniel et Mirabelle, hurlait, sur un fond de *heavy metal,* qu'on n'avait qu'une minute pour laisser un message. Au troisième numéro, pas de message enregistré. Ça sonnait. J'avais préparé une tartine en béton sur l'influence de Musset dans l'œuvre d'Eudore Évanturel, dont j'avais même mémorisé quelques vers astucieusement choisis. « Mon cœur — que ta lame aura blessé méchante ! — Tombera tout saignant de son papier en noir. » J'ai ajouté une virgule de mon cru après « blessé », pour personnaliser l'extrait. Que ta lame aura blessé, méchante ! Bref, je m'apprêtais à lui baratiner un très professionnel rendez-vous dans le café de son choix, sous prétexte de m'intéresser à ses recherches. Histoire de lui tendre son sous-vêtement au moment où elle s'y attendrait le moins et de voir à quelle vitesse son visage de poupée se dégonflerait.

Vingt sonneries sans réponse. Elle était sortie. Ou bien elle avait un afficheur et, apercevant mon nom, elle refusait de répondre. Peut-être que c'est Matteo qui lui disait « non, non, ne réponds pas, c'est Béatrice ». Quand j'ai raccroché, la migraine annoncée au bureau a foncé sur moi sans crier gare. Mon cœur est tombé de son papier noir. Tout saignant.

Le reste de la semaine fut infernal et, sans Aisha, je n'y aurais pas survécu. Comme je pouvais m'y attendre, ma demi-journée migraineuse m'a valu une surcharge de travail qui comprenait la correction d'un catalogue entier sur les armoires anciennes du Québec. J'ai fait vite, à cause des mortaises, des clous forgés, des fiches à vases de perles et du peu de temps qui m'était accordé pour déchiffrer le texte bâclé que j'avais entre les mains. La réécriture du travail d'une collègue se fait avec des gants blancs pour ne pas trop vexer l'auteure et, dans le meilleur des cas, peut-être même s'en faire une alliée. Cette fois, j'ai sauté mon tour. Marie-Maëlle Bertrand-Bibeau, dont l'orthographe et la grammaire relèvent d'un code qu'elle est la seule à connaître, n'a pas apprécié mes ratures rouge foncé, ni le fait que je n'ai pas songé à la consulter pour accorder ses auxiliaires et refaire ses structures de phrases. Mercredi, elle s'en est plainte à Jenny qui s'est dépêchée de colporter les faits par courriel le lendemain et ça s'est terminé vendredi en fin d'après-midi, chez Feng Shui.

— Qu'est-ce que j'apprends, Béatrice ? On parasite le texte d'une collègue sans lui en parler ? Vous savez, pourtant, à quel point la gestion axée sur les résultats et l'efficience du cycle de production

Je ne l'ai pas laissé continuer. J'ai déversé quarante tonnes de produits toxiques dans son bureau, on se serait cru à Bhopal en 1984. Je n'ai aucune idée des mots que j'ai utilisés mais ils m'ont moins soulagée que le bruit qu'a fait la porte quand je l'ai claquée en sortant.

Francesca était de nouveau tombée. Cette fois, je l'ai trouvée alitée, toujours butée dans son silence, mais plus pâle que d'habitude. Je ne savais pas si je devais prendre sa température, alerter les voisins ou me contenter de la déposer devant le téléviseur. Au bout du fil, une voix professionnelle m'a convaincue de l'emmener à l'urgence. Ça m'embêtait, tout ce dérangement, mais j'ai quand même cherché ses prescriptions, sa carte d'assurance-maladie, ses lunettes et son sac à main et je lui ai annoncé qu'on sortait. L'ambulance est repartie sans moi, ce qui m'a passablement ébranlée, surtout avec le caractère formel de la civière et l'intervention chronométrée des deux infirmiers.

J'ai attendu mon taxi dehors en observant le système dépressionnaire qui s'était jeté sur le pays et me menaçait aussi. Pour rester bien concentrée, j'ai laissé monter une colère de haut niveau que j'ai dirigée contre Matteo qui n'était jamais là quand on avait besoin de lui. J'ai résumé mentalement la liste de mes griefs qui convergeaient tous vers ses misérables petits secrets. Désormais, aucun de nos souvenirs ne m'apparaissait sous un jour dont l'éclairage lui était favorable. Je me sentais trahie et plus désemparée qu'un sectionneur pour fusibles à couteaux sans son courant. N'empêche que s'il s'était pointé là, tout à coup, au milieu des flaques d'eau, je lui aurais sauté au cou tant il me manquait.

À l'hôpital, c'était la congestion et je n'ai pas tout de suite trouvé la salle d'observation où on avait logé Francesca. Sa chute lui avait valu un service de première classe et j'aurais apprécié qu'elle me manifeste un brin de reconnaissance. Elle a préféré rester sèche et désagréable, mais s'est néanmoins tenue tranquille jusqu'à ce que l'infirmière s'approche. Puis, en s'agitant plus que nécessaire, elle a tenté de nous démontrer qu'elle n'avait mal nulle part. La jeune résidente qui s'est risquée à l'ausculter a mérité son salaire mensuel sur-le-champ.

Je suis repartie un peu plus tard, en laissant derrière moi une Francesca furieuse, affublée d'une perfusion et d'une batterie d'examens pour le lendemain. Je me demandais bien comment j'arriverais à coordonner ma vie si tous mes repères s'effaçaient les uns après les autres. Mais au point où j'en étais, la conciliation travail-famille n'était pas ma principale préoccupation. Je ne désirais plus qu'une chose : prendre un bain et dormir profondément. Dans les faits, je me suis affalée sur le divan dès que je l'ai aperçu et j'y ai somnolé de mon mieux, un quart d'heure à la fois.

Aisha a été violée par trois hommes, alors qu'elle se rendait à pied à Mogadiscio, chez sa grand-mère. Je n'arrêtais pas de penser à la grand-mère qui guettait par la fenêtre le retour de sa petite-fille pendant que le soir tombait. J'imaginais le corps trop jeune d'Aisha, abandonné dans la pénombre, et, malgré tout, sa détermination quand elle est allée avec son père dénoncer ses violeurs à la milice. Son courage et sa dignité m'ont aidée à me lever en même temps qu'un autre jour gris et je me suis préparé un expresso. Le reflet de ma figure sur la paroi de la cafetière m'a fait sursauter. Je ressemblais à une vieille pomme, sans agent de conservation. Comment pouvais-je m'imaginer faire le poids avec une sylphide spécialisée en poésie du XIX$^{e}$ qui habillait du zéro et sortait gaiement de l'adolescence ?

À l'hôpital, ils ont examiné Francesca de long en large. À soixante-dix-neuf ans, les causes de la perte d'équilibre sont infinies, m'a gentiment expliqué une infirmière aux yeux très bleus pendant que je patientais dans le couloir du service neurologique. J'essayais de rester zen et, pour une fois, je bénissais Feng Shui de m'avoir collé un catalogue médical le mois précédent parce que la plupart des mots qui sortaient de la bouche du personnel avaient plus de quinze lettres, ce qui leur conférait un aspect redoutable.

Le matin des résultats, Francesca et moi n'en menions pas large en attendant le spécialiste. Elle, de mauvaise humeur dans sa robe de chambre mauve boutonnée jusqu'au cou et ses chaussures aux pieds parce que j'avais oublié ses pantoufles à la maison et qu'elle tenait absolument à recevoir le médecin assise dans le fauteuil. Moi, incapable de faire taire les paroles faussement enjouées qui sortaient de ma bouche et qui voulaient à tout prix que rien ne soit grave. Quand le docteur Wells a poussé le rideau bleu ciel pour nous parler, j'ai souri. C'était notre toute dernière carte. Après nous allions devoir nous en remettre à lui.

Il a toussé un peu avant de ne pas y aller de main morte, le regard fixé à son bloc-notes dont il tournait lentement les pages. Accident vasculaire cérébral d'origine ischémique. Je lui ai demandé de répéter. D'origine ischémique, frontal gauche, faiblesse de la jambe droite, troubles du langage, bilan étiologique, blocage de la carotide.

— Mais Francesca n'a pas de troubles du langage, elle est italienne !

Dix minutes d'explications se sont avérées un peu compliquées, mais quand même éclairantes. Peu à peu, je réalisais que Francesca et moi échangions si rarement des paroles que, si elle avait eu des troubles de langage, j'aurais de toute manière été la dernière avertie. Le poison de la culpabilité circulait dans mes veines avec tellement de vigueur que je n'arrivais plus à regarder le docteur Wells dans ses lunettes.

— Si vous voulez bien convaincre votre belle-mère de signer ici, nous allons l'opérer le plus tôt possible.

Ma belle-mère ? Quand je pensais à Francesca, je pensais à la locataire du rez-de-chaussée peut-être, mais rarement à ma belle-mère. Toutefois, en la regardant me faire un signe agacé qui signifiait allez, on rentre à la maison, mon cœur de bru a éclaté au grand jour. Matteo et moi n'avions jamais réussi à faire entrer un spermatozoïde dans un ovule. Mes parents m'avaient faite fille unique et orpheline à vingt-deux ans. Qui d'autre pouvait faire partie de ma famille à part Francesca, maintenant que Matteo avait déguerpi chez sa minette avec son trousseau de clés et que ses amis évitaient notre salle à manger? Aisha? Une petite morte à la tête brisée par les cailloux? En quelques secondes, toutes les directions que je souhaitais donner à ma vie ont convergé vers ma belle-mère.

À l'époque où Francesca vivait encore dans une rue étroite du Trastevere, j'allais chaque année à Rome. D'un mois d'août au suivant, Matteo me promettait mer et monde pour me convaincre de l'accompagner. Chaque fois, ce serait différent. Nous ne resterions pas enfermés dans l'appartement étouffant de sa mère, moi dormant dans le vestibule et lui dans le lit étroit de sa chambre d'enfant. Nous ne serions pas obligés de manger des pâtes aux anchois devant la télévision ouverte avec le son si fort qu'on ne s'entendait pas hurler, ni d'aller à la messe le dimanche même si, c'est vrai, les fresques de la basilique étaient une merveille à détailler. Je n'aurais plus à supporter le voisinage qui venait saluer le fils prodigue dès huit heures du matin pendant que je rinçais les tasses de café. Je me laissais amadouer mais rien, pourtant, ne ressemblait davantage à un mois d'août romain que celui de l'année précédente. Des semaines entières nous ont ainsi enfermés dans un logement étroit et trop meublé alors qu'un des plus beaux pays du monde nous attendait derrière les volets.

Matteo, désarmé devant l'amour maternel. Matteo grimaçant dans le dos de sa mère. Matteo parlant très vite en italien et me donnant l'impression qu'il nous négociait une permission de trois jours à Venise ou Florence, ou même une ballade d'une heure jusqu'à la fontaine de Trevi. Et puis Francesca secouant ses mains jointes devant elle, *Figlio unico adorato !* avant de tomber dans ses bras, les yeux humides. Chaque fois, je me jurais qu'on ne m'y reprendrait pas.

J'ai dû attendre la fin du siècle avant que Matteo apprenne à partir tout seul. Des vacances pour lui et pour moi. Une de nos meilleures idées. Puis, quand il est rentré il y a deux ans, il n'a même pas attendu de défaire ses valises pour m'annoncer que Francesca viendrait vivre avec nous. Il l'a fait avec son doigté habituel. Nous traînions au lit et il a d'abord parlé d'acheter l'immeuble dans lequel nous vivions. Est-ce qu'il s'était découvert des cousins mafieux disposés à financer l'hypothèque ? Il a fait semblant de ne pas me trouver drôle et ses arguments se sont enfilés les uns dans les autres avec une logique impossible à fissurer. J'ai bien vu que c'était tout réfléchi pour lui et, quand j'ai demandé qui allait s'occuper de louer le rez-de-chaussée et de réparer la tuyauterie, hein ? il arborait son sourire des grandes victoires avant même de me chuchoter le nom de sa mère à l'oreille.

J'ai fait la tête pendant une semaine. Puis je l'ai accompagné chez le notaire qui nous a fait parapher des dizaines de pages rédigées dans un jargon incompréhensible.

Il fallait prévenir Matteo de l'hospitalisation de Francesca, c'était la moindre des choses. Il fallait laisser tomber l'orgueil, passer à la maison et déposer des messages urgents sur tous les répondeurs susceptibles de m'avouer enfin où il se cachait. Le nom de l'hôpital et du médecin, la date de l'opération, le numéro de téléphone et de la chambre. Quelqu'un rappellerait. Il est à l'hôtel, il réfléchit, mais il parle chaque jour de toi. Il est à la campagne, ne t'en fais pas, je le préviens et il arrive. Mon Dieu, Béatrice, il me confiait justement hier à quel point tu lui manques... Du fond de mon inconscient, je voyais poindre nos retrouvailles. Matteo et moi autour de Francesca pendant sa convalescence. Lui, bouleversé, qui réclame mes bras. Moi, clémente, qui les ouvre sur-le-champ. La fille légère rentrait chez elle avec sa petite culotte et on ne l'évoquerait jamais, pas une seule fois. En attendant ce moment d'euphorie, je me nourrissais d'adrénaline.

Sur ma lancée, j'ai retrouvé le numéro de téléphone de la troisième D. Sanschagrin, chiffonné au fond de la poubelle. J'ai laissé sonner assez longtemps pour que deux générations d'araignées aient le temps de tisser leur toile autour de son combiné. Mais elle n'a pas répondu, je l'aurais parié. Je m'apprêtais à repartir vers l'hôpital quand, *in extremis,* j'ai songé à prévenir le bureau. Je savais que je tombais mal à cause des vacances scolaires qui nous inondent brusquement, chaque année, de documents pédagogiques à préparer pour la rentrée, mais...

— Pour combien de temps?

— Je ne sais pas encore. Quelques jours, sûrement.

— Et qu'est-ce que j'inscris dans le formulaire d'absence ?

— Inscrivez que j'ai avalé trois comprimés de cyanure par mégarde.

Jenny a alors eu cette phrase qui lui ressemble tellement que je n'ai pas su retenir un grognement dans le combiné :

— Et ça s'écrit comment ?

Les médecins avaient placé Francesca au fond d'une chambre étroite qui logeait, je ne savais pas comment, trois autres lits contenant, eux aussi, un corps fatigué. On entendait les respirations et les cœurs, mal accordés, retransmis par un appareillage électronique qui murmurait que la gaieté n'était pas de mise. Je me suis approchée en me demandant si les pantoufles, la crème à main, mes roses et l'exemplaire de *La Repubblica* vieux de trois jours suffiraient à éloigner le cataclysme. Derrière moi, un homme vêtu de vert est entré pour me glisser à l'oreille que les fleurs étaient interdites pour raisons de santé. Mais certainement qu'il pouvait me les arracher et oui, bien sûr qu'on devrait les offrir à la maternité. Ça commençait mal.

Recroquevillée sous le drap léger, Francesca ne bougeait pas et, en tirant le rideau pour créer un semblant d'intimité autour de nous, j'ai vu qu'elle dormait. Sans faire de bruit, j'ai rangé la crème, les pantoufles et le journal avant de m'asseoir près d'elle, dans la cuirette orange du fauteuil. Elle avait un soluté branché à sa main et un bracelet de plastique au poignet. Son visage s'était usé en vingt-quatre heures. L'opération était courante mais comportait son lot de risques. Après il faudrait de la réadaptation, orthophonie, physio, ergo et je ne savais pas quoi encore. Peut-être une sonde urinaire. Elle détesterait tout ça. Ne pas oublier de louer une télévision. Lui apporter des Ferrero. Demander, avant, si elle avait droit au chocolat. J'ai pensé à la coquetterie avec laquelle elle s'habillait tous les jours, comme si le pape risquait de la surprendre avec une petite visite de courtoisie. Je la regardais dans sa jaquette bleue en me disant tu vis à six mille kilomètres de chez toi, ton mari est mort depuis trente-neuf ans, ton seul fils est parti sans prévenir, ton corps se déglingue et l'air est irrespirable dans cette chambre. Mais c'est normal, tout est normal. Il ne faut pas s'affoler.

Les hôpitaux sont des condensateurs de souffrance, surtout après les heures de visite. Les familles et leur inquiétude s'engouffrent dans les ascenseurs et, avec l'accalmie qui suit leur départ, les gémissements prennent soudain trop de place. Des voix retenues s'élèvent des lits, solitaires. La distribution des somnifères m'a semblée interminable.

Mon dictionnaire français-italien sur les genoux, j'ai passé la nuit à côté de Francesca. Assommée par les comprimés, elle s'en tirait, somme toute, mieux que le voisin d'en face dont le cœur s'est emballé vers trois heures du matin. Un essaim vert et blanc s'était alors affairé autour de lui jusqu'à ce que les battements redeviennent réguliers. J'ai eu peur qu'il meure tout seul, sans sa femme, ses enfants, un cousin, quelqu'un qui lui tiendrait la main et lui soufflerait à l'oreille qu'il avait compté. Le policier qui, le premier, s'était trouvé sur le lieu de l'accident de mes parents m'avait expliqué, en baissant la voix et sans savoir qu'il m'offrait un puits de consolation, qu'on avait dû les sortir ensemble de la voiture parce qu'ils étaient si fort serrés l'un contre l'autre qu'on n'arrivait plus à les dénouer.

Le matin est arrivé, les matins arrivent toujours. Le voisin était encore là et il respirait vaillamment, tout comme Francesca, qui me regardait néanmoins comme si tout était ma faute, les famines, le sida, les déversements de pétrole dans l'océan et sa carotide bloquée. Je ne lui en ai pas tenu rigueur à cause des circonstances atténuantes, mais je me suis quand même éclipsée discrètement pendant que l'infirmière la préparait. La chirurgie n'allait pas durer plus de quatre-vingt-dix minutes, mais comme je ne pourrais pas entrer dans la salle de réveil, j'aurais quelques heures à tuer.

À part Lou qui m'annonçait qu'elle était en vacances avec Jacob à trois cents kilomètres de la ville, personne n'avait rappelé.

— Tu ne crois pas que tu devrais demander l'aide de la police ? m'a-t-elle glissé entre les crépitements de son téléphone.

J'avais demandé depuis longtemps, qu'est-ce qu'elle croyait ? Le type en uniforme qui était arrivé chez moi à minuit moins le quart, alors que je l'attendais à quatre heures de l'après-midi, m'avait énervée avec son indifférence et ses soupirs irrités. Matteo s'était évaporé depuis une semaine, scénario réaliste. Je voulais l'aide du type en uniforme, je voulais l'ensemble du corps policier derrière moi, avec des sirènes et des lampes de poche dans chaque ruelle du quartier, des courriels et des fax dans toutes les villes de la province. Je voulais que Matteo rentre sain et sauf à la maison en m'annonçant quelque chose de farfelu qui se terminait bien. J'ai donc réussi à ne pas manifester un gramme d'impatience. J'avais préparé une liste de renseignements, j'étais disposée à lui donner une photo, dix photos, l'ordinateur, le double de nos clés, mon carnet d'adresses, le numéro de ma carte de crédit, s'il en avait besoin. Mais l'uniforme s'est contenté de me demander si nous avions des enfants, on aurait dit qu'il s'était documenté sur la partie la plus sensible de notre couple. Il a à peine écouté ma réponse avant de déclarer sèchement que, Matteo étant majeur, rien ne l'empêchait de quitter son domicile à sa guise mais que, si j'y tenais, je pouvais passer par un avocat pour que la police soit autorisée à enquêter. Les règles étaient ainsi faites.

Bien, bien. Si les règles étaient ainsi faites, trouvons un avocat. Le maître avait commencé par me dire doucement que, si une mauvaise nouvelle devait entourer la disparition de Matteo, scénario pessimiste, je serais la première prévenue puisque son adresse était aussi la mienne. Mais se pouvait-il que Matteo ait quelqu'un d'autre dans sa vie? scénario qu'il fallait envisager, pas vrai? Avant que j'aie réussi à fermer ma bouche ouverte, il s'était excusé de ne pas pouvoir faire davantage parce que nous n'étions pas mariés et que, ah bon, nous n'avions pas d'enfants. Qu'est-ce qu'ils avaient tous à faire une fixation sur mon utérus? J'ai cependant compris que, n'étant ni une parente directe, ni une parente collatérale de Matteo, il ne me restait plus qu'à embaucher un détective. «À vous de voir, ma pauvre Béatrice.» Je voyais.

Quand les brancardiers sont venus chercher Francesca, je me suis penchée pour l'embrasser. Maladroitement parce que nous n'avions pas l'habitude, elle et moi. Le relaxant faisant effet, elle a tout juste cligné des yeux. J'ai souhaité que ses cent mille milliards de cellules s'activent sur-le-champ pour nous tramer une guérison rapide. Je ne savais pas quoi lui dire qui l'aiderait. J'ai dit «tout va bien se passer» et elle ne m'a pas contredite. C'était bon signe.

J'avais du mal à rester assise dans l'aire aménagée sur l'étage pour les visiteurs. Chaque magazine que je feuilletais me rappelait Matteo. *Dix mythes et vérités sur le couple. L'art de s'éclipser. Qu'est-ce qui fait fuir les hommes?* Autour de moi, on murmurait et je ne parvenais à saisir que des bribes de conversation. Une femme voilée a pleuré jusqu'à ce qu'un petit garçon vienne la chercher. Deux hommes aux cheveux gris ont mangé leur sandwich au jambon sans parler, avant de repartir ensemble. Le va-et-vient s'accélérait par moments. Puis la salle se vidait d'un seul coup, comme une nuée de pigeons chassés par un craquement sec. N'y tenant plus, j'ai décidé, moi aussi, de sortir.

Dans les couloirs, les pyjamas embouteillaient le passage tandis que les infirmières, toujours pressées, se faufilaient entre les solutés pour courir des chambres à l'accueil et de l'accueil aux chambres. J'ai fini par ne plus savoir où me mettre quand je me suis rappelée qu'il y avait toujours une chapelle dans un hôpital. Je me suis mise en frais pour la trouver et une dizaine de personnes m'ont renseignée poliment. Au bout du couloir. Tournez à droite puis à gauche. Même étage. Non, ici c'est la pédiatrie. L'autre aile, sur votre gauche. Par là. Suivez les flèches bleues.

En poussant la grosse porte de bois, j'ai vu que la pièce était plongée dans une obscurité rassurante. Je me suis assise sur le dernier banc, en bénissant les hommes d'avoir aussi inventé des lieux de silence. Malheureusement, j'avais été devancée et je n'arriverais décidément pas à être seule. Deux enfants, des fillettes, rigolaient devant le présentoir de lampions. L'une était assise dans un fauteuil roulant et l'autre faisait craquer des allumettes. Bientôt toutes les mèches ont eu une flamme mais, malgré la lueur qui grandissait, je ne voyais les petites que de dos, qui jacassaient.

— Tu penses que ça va marcher ?

— C'est sûr, Léa ! Mais faut y croire.

Celle qui ne s'appelait pas Léa s'est retournée. Un joli visage ovale, tout brun. Des cheveux crépus nattés, dans lesquels brillaient des barrettes. Un regard sombre qui a cessé de rire dès qu'il m'a remarquée. Elle ressemblait comme deux gouttes d'eau à Aisha, ma petite Somalienne. Je me suis mise à pleurer. Elles sont sorties sans que je m'en aperçoive. Je ne pouvais plus m'arrêter.

L'opération s'est bien passée, sans complications neurologiques ou cardiaques. Le docteur Wells semblait satisfait et les contrôles lui ont donné raison. En attendant, j'apprenais à prendre la pression de Francesca, un jeu qui nous occuperait désormais tous les matins, à jeun. Il me faudrait noter le résultat dans un carnet médical que nous apporterions avec nous lors des visites régulières que nous allions rendre à ce cher docteur Wells, à l'égard de qui ma reconnaissance frisait la dévotion. Des heures de plaisir en perspective, qui s'ajoutaient à celles d'un régime sans sel et sans gras avec, en prime, de l'exercice physique quotidien.

— Évidemment, a laissé tomber Wells juste avant de nous quitter, il faudra attendre quelques années avant de constater le bénéfice de l'opération, lequel est plus évident chez les hommes que chez les femmes, on ne sait pas pourquoi.

J'ai bafouillé quelque chose, en espérant que Francesca, qui n'arrêtait pas de toucher son pansement malgré la consigne, n'ait pas compris.

Après les vingt-quatre heures réglementaires au cours desquelles ma convalescente s'est progressivement délestée de sa tuyauterie, nous avons eu droit à une chambre semi-privée située dans une aile moins souffrante. Je commençais à me sentir chez moi dans cet hôpital. Quand Francesca n'était pas dans l'un ou l'autre des services de réadaptation, nous passions l'essentiel de la journée devant une télévision naine accrochée au mur qui nous permettait de renouer tranquillement avec la routine. Pour ne pas nuire au sommeil de notre cochambreuse qui se remettait d'une opération à la hanche, j'ai loué des écouteurs que Francesca tenait à garder aux oreilles en tout temps. J'ai interprété ce retour au naturel comme étant la preuve qu'elle allait mieux et je pouvais déjà imaginer la gratitude de Matteo quand il apprendrait à quel point j'avais dorloté sa maman pendant qu'il roucoulait avec sa gigolette.

À la cafétéria de l'hôpital, les gens mangent à des heures indues. Peu importait le moment de la journée où j'y descendais, je trouvais des inconnus, un mélange de visiteurs, d'uniformes et de blouses blanches, attablés devant un plateau. Il y avait autant de monde à midi qu'à seize heures ou à vingt. Le roulement était impressionnant. Sauf qu'Aisha n'était jamais là.

Je suis retournée plusieurs fois à la chapelle, sans y retrouver les filles. Au service pédiatrique, par contre, il m'a suffi de demander Léa pour qu'on m'indique sa chambre. Tout devient plus décontracté dès qu'on franchit le seuil de la pédiatrie. Francesca se serait d'ailleurs trouvée beaucoup mieux dans ce service, mais bon, je ne tenais pas à indisposer le docteur Wells.

N'ayant vu Léa que de dos, je n'ai pas su la reconnaître parmi les gamines qui partageaient la 228. J'ai fait semblant de m'être trompée de chambre, j'ai attendu un peu et j'ai continué à rôder dans les parages. Chaque matin. À force de fureter, je me suis fait des relations, surtout parmi les moins de cinq ans dont la bonne humeur désarmante me tenait lieu de respirateur. Océane, Gisèle, Léo et Mathieu. J'en oubliais presque la raison de ce détour quotidien quand j'ai vu mon Aisha courir vers moi dans le couloir, puis ralentir quand elle m'a reconnue. Elle était plus grande que dans mon souvenir. Je me suis avancée vers elle.

— Tu vas nous dénoncer?

Elle pensait aux lampions. Je l'ai tout de suite rassurée.

— Alors, qu'est-ce que tu veux?

Je voulais que la vie soit de nouveau comme elle avait toujours été. Je voulais n'avoir jamais fréquenté la tristesse étouffante de cet hôpital. Je voulais que Francesca rentre chez elle avec toute sa tête et que Matteo nous fasse la surprise d'une ratatouille à l'ail. Je voulais avoir trente-neuf ans et me réveiller le matin sans me demander pourquoi tout était vide autour de moi. J'ai dit :

— Je cherche la chirurgie. Je crois que je me suis perdue.

— C'est dans l'aile E. Ici, c'est l'aile C.

— On dirait que tu connais bien cet endroit, hein ?

Elle recommençait à se méfier alors j'ai changé de sujet et je lui ai demandé si son amie allait mieux. Elle s'est un peu détendue et m'a fait un rapport médical original où se mêlaient les plaquettes, les piqûres, le tube sous la clavicule et le fait que Léa ait évité cinq mois d'école, cool hein ? Son enthousiasme était communicatif, j'avais envie de la serrer contre moi et de la remercier. Je me suis contentée de lui effleurer l'épaule. Il se faisait tard, je devais reprendre mon poste, auprès de ma belle-mère.

— Ses globules sont à combien ?

J'ai improvisé un chiffre qu'elle a semblé trouver de bon augure. Cette enfant me ramenait à la vie. Nous nous sommes quittées, mais quelques pas plus loin, je me suis retournée pour la regarder foncer vers la chambre 228 avec la détermination d'une guerrière que même la leucémie n'effrayait pas.

Je ne me faisais plus d'illusions sur mes chances de voir Matteo rebondir à l'hôpital. Chez moi, le répondeur débordait, mais c'étaient des vieux messages ou alors le bureau et les appels de la banque qui nous demandait de communiquer avec elle pour l'hypothèque. Je n'avais pas l'intention de prendre une décision sans Matteo. La banque, tout comme le bureau, attendraient. J'ai tout effacé. Sauf la voix de Matteo qui me dit qu'il m'aime.

Béa, c'est moi, ne m'attends pas, je vais rentrer tard. *Ciao !* (Silence.) Je t'aime.

C'était un message qui datait, un message de fin de session quand il corrigeait des examens quinze heures par jour et qu'on avait l'habitude. À l'époque, je n'y ai même pas fait attention. Aujourd'hui, j'en connais chaque intonation. Ce n'était pas un *je t'aime* machinal. C'était un *je t'aime* qu'on ajoute à la dernière minute parce qu'on est pris d'une montée subite de tendresse. Un *je t'aime* qu'on prononce quand on est certain de ce qu'on ressent. Il allait raccrocher et il a pensé « je l'aime, je dois le lui dire ». Pas de sous-entendu. Pas de maîtresse derrière, qui surveille en se rhabillant. Sa voix est claire. Il ne baisse pas le ton. Aucun bruit de fond. Il est dans son bureau avec un amoncellement de copies à annoter. Il est fatigué, déçu peut-être de n'avoir pas encore terminé, mais consciencieux. Pendant le *je t'aime,* il oublie tout ça. Il y a une petite hésitation, évidemment, après son *ciao.* Le temps de retenir le réflexe de raccrocher. Moins de trois secondes. Oups ! Je suis en train de passer à côté du plus important.

Voilà : « Je t'aime. » C'était un *je t'aime* sublime. Je l'ai gardé.

Francesca sortait le lendemain et j'avais presque envie de demander au docteur Wells s'il ne pourrait pas la garder encore un peu, mais je n'ai pas osé. J'ai fait celle qui était totalement adaptée à la situation et qui saurait tout à fait s'y prendre avec sa nouvelle belle-mère qu'il fallait dorénavant surveiller de près. Ne vous en faites pas, infirmières, docteurs, thérapeutes et ramasseuses de plateaux. Je vous la prends à l'essai pour un mois et je promets de la ramener comme neuve pour le contrôle. En attendant, Francesca s'impatientait d'un rien et ne comprenait pas pourquoi elle devait faire des allers-retours dans le couloir, pendue à mon bras, alors qu'elle aurait pu être si bien chez elle, à pleurnicher devant son écran plat.

Afin de lui changer les idées, j'ai profité de l'inattention du gardien de sécurité pour l'emmener à la pouponnière où nous avons admiré une demi-douzaine de bébés coiffés de jaune ou de vert, puisque le rose et le bleu sont démodés. Ensuite, je l'ai traînée dans l'aile C pour lui présenter mes petits camarades du matin. Ce serait notre plus agréable moment hospitalier. D'abord parce que c'était la matinée des clowns et que Francesca a rajeuni de soixante-quatorze ans à leur contact. Je l'entendais rire pour la première fois depuis que je la connaissais. Et puis, comme un cadeau que je n'attendais plus, Aisha était là, attentive, debout avec les familles, derrière les chaises roulantes. Sa peau en chocolat tranchait sur les murs blêmes et je l'épiais discrètement. Après les tours de magie, les bulles de savon, l'accordéon déjanté et l'histoire de la girafe qui ne raffolait pas des piqûres, nous voilà tous en train de chanter comme si la plus jeune moitié d'entre nous n'était pas en état de siège. C'était presque Noël et, pendant une heure, l'idée d'être malheureuse ne m'a même pas traversé l'esprit.

Le spectacle s'est terminé dans un brouhaha formidable de cris et d'embrassades que j'ai enjambé pour me rapprocher d'Aisha. La fillette m'a aperçue de loin et m'a souri, en lançant :

— Ta belle-mère va mieux ?

— Oui ! On s'en va demain matin.

— Nous aussi, on sort bientôt.

Mon effort pour ne pas déjà mettre fin à la conversation s'est perdu dans le fouillis et je l'ai vue repartir dans sa propre vie. Sans moi.

Le retour à la maison a été compliqué, comme tout ce qui caractérisait dorénavant mon quotidien. Quand j'ai voulu proposer à Francesca de me promener avec elle après le souper, ça a été la croix et la bannière et, puisque je m'étais engagée à lui éviter le stress, la colère et l'énervement, je n'ai pas insisté. Et puis, elle avait raison quand elle me montrait en levant les yeux au ciel qu'il faisait un temps de cochon, nous n'allions pas nous risquer à l'enrhumer. Je n'ai pas eu davantage de succès avec le régime sans sel et sans gras, mais comme c'était moi, pour l'instant, qui faisais l'épicerie, j'estimais que je l'aurais à l'usure. Pour la pression, ça allait encore et je la prenais scrupuleusement depuis que j'avais compris le fonctionnement du tensiomètre. Elle me tendait le bras en soupirant. Je notais les chiffres, un peu toujours les mêmes, ce qui me permettait de conclure que son état restait stable. Par contre, Francesca a refusé les exercices de prononciation que j'avais pourtant promis à l'orthophoniste de lui faire répéter chaque jour. J'admets que « piano-panier-piano-panier » qui, d'après ce que j'en savais, devait ressembler à « lentement-pain-lentement-pain » en italien, pouvait ne pas représenter un défi exaltant. Elle m'a toisée avec un regard chargé d'une telle rancœur que j'ai plutôt décidé que ce serait moi qui me mettrait à l'italien et elle qui me ferait répéter. J'ai commencé par le début. « *Mi chiamo Béatrice. Come ti chiami ?* » Bien entendu, elle a coupé court à la leçon en me claquant la porte de sa chambre au nez.

En quelques heures, le naturel était si négligemment revenu au galop qu'il m'arrivait de me demander si les derniers jours avaient bien existé. Seule devant la télévision toujours allumée, j'écoutais un vendeur jovial me proposer un élagueur télescopique qui fonctionne à batterie. En échange d'une somme qui me paraissait démesurée, mais qu'il me présentait comme une aubaine à ne pas rater, on pouvait désormais atteindre sans se fatiguer les branches situées à trois mètres du sol. Finis les maux de dos, les échelles encombrantes et le fil qui s'entortille entre les jambes et met nos vies en danger. Par la fenêtre ouverte, j'écoutais la pluie se précipiter sur le sol déjà saturé d'eau et je constatais que l'été s'arrangeait pour passer inaperçu.

À l'agence, les jeunettes qui me servaient de collègues ont détourné le regard à mon arrivée et se sont collé le nez d'un peu trop près à leur ordinateur. Je n'ai même pas eu le temps d'ouvrir le mien. En mon absence, Jenny avait décoré mon bureau de papillons autocollants de toutes les couleurs m'indiquant que Feng Shui souhaitait me rencontrer à la première heure. Comme si je ne savais pas lire, elle avait aussi pris la peine de laisser un message sur mon répondeur pour me rappeler que c'était urgent. Je m'attendais au pire en me dirigeant vers le bureau du patron.

Feng Shui m'a calmement demandé de fermer la porte derrière moi. C'était, de sa part, un comportement inusité et l'odeur de soupe chaude m'a prise à la gorge. J'avais le net sentiment qu'il allait me rendre les prochaines semaines intenables. Aussi me suis-je empressée de prendre les devants.

— Je suis désolée d'avoir dû m'absenter la semaine dernière, monsieur F., mais…

— Combien de journées de travail avez-vous manquées depuis trois semaines, madame Dubois ?

Le « madame Dubois » ne pouvait rien augurer de bon. J'ai recommencé à m'excuser et il a recommencé à m'interrompre.

— Vous vous êtes absentée pendant dix jours et demi. Vous êtes venue travailler quatre jours et demi sur quinze. Vous savez compter, Béatrice ?

— Oh, mais je ne vois pas le problème. Vous savez que je peux mettre les bouchées doubles quand il le faut…

Il m'a semblé qu'il avait tiqué à « je peux ». J'ai essayé de me reprendre. Je vais mettre les bouchées doubles. Je mettrai les bouchées doubles. Quand vous voudrez. Immédiatement. Séance tenante. J'allais bientôt être à court de synonymes et il n'avait toujours pas levé les yeux vers moi.

— Depuis hier, le temps supplémentaire est interdit.

Feng Shui me tendait une enveloppe et, cette fois, il me dévisagea. Il ne pouvait pas me virer. J'étais sa plus ancienne employée. Sa meilleure. Il avait besoin de moi. Son regard, pourtant, contenait l'amorce d'un adieu. Ma voix est devenue minuscule quand j'ai demandé, avant de saisir l'enveloppe :

— C'est-à-dire ?

— C'est-à-dire, Béatrice, que vous allez me vider votre banque de temps supplémentaire une fois pour toutes et que ça vous laissera le temps de redevenir normale. Je ne veux plus vous voir entrer et sortir à tout bout de champ. Je ne veux plus vous voir, point final. Réglez vos problèmes personnels et ne remettez pas les pieds ici avant le mois de septembre. Vous signez ce formulaire et vous partez. Compris ?

Il n'avait pas haussé le ton et à peine les épaules. J'ai frémi. Deux mois sans patron, sans Jenny et sans Marie-Maëlle Bertrand-Bibeau pour me distraire. Deux mois sans vacances à la mer et sans air climatisé. Deux mois, collée à la télévision avec Francesca, à guetter le retour de Matteo. Je m'attendais au pire, mais pas à celui-là.

Francesca semblait absorbée par une machine à coudre portative, une canette, quatre aiguilles, trois points différents et seulement deux versements. J'en ai profité pour parcourir la documentation fournie par l'hôpital. *Guide pour la famille,* page 20 : l'activité sexuelle peut être reprise comme à l'accoutumée. Voilà enfin une bonne nouvelle que j'allais m'empresser de transmettre à ma belle-mère. *L'attività sessuale,* Francesca, ça te dit quelque chose ? Sans doute pas, elle est seule depuis que son Rosario a sauté avec une bombe placée au même endroit que lui. Matteo avait quatorze ans. La coïncidence de nos papas morts, sans prévenir. Ça nous avait fourni un sujet de conversation inépuisable.

Il avait quand même belle allure, Rosario, collé sur Matteo dans l'auto tamponneuse. Je me suis levée pour regarder la photo de plus près et, du même coup, pour mettre la brochure à la poubelle. Ils souriaient tous les deux. Le père et le fils, apparemment très complices. Nous aussi, nous étions apparemment très complices. Mais qui se laisse encore leurrer par les apparences ? Une vache produit plus de méthane qu'une automobile. La grande tortue est un papillon. C'est Marie de France qui a écrit *Le corbeau et le renard.* Matteo était un beau salaud.

Je rêvais que Dieu surgisse à l'improviste avec, enfin, quelque chose de désopilant à raconter. J'ai déplacé un peu le ventilateur pour que l'air moite se mette aussi à bouger vers moi. C'était mon premier soir de congé forcé. Si j'en jugeais par le temps que mettaient les heures à stagner, l'éternité était à portée de main. Francesca, son inséparable larme à l'œil et moi n'avions rien à échanger que des monosyllabes. *Si. Si. No. No.* Elle restait calme à condition que je la laisse tranquille. Je passais la voir plusieurs fois par jour, histoire de m'assurer que son accident vasculaire cérébral ne devienne pas une habitude. *La vita è bella, si ? Sisinono.*

Ralentie par la chaleur et l'humidité, je m'étonnais de ce que mon corps parvienne encore à s'agiter. Mes automatismes étaient rodés. Le lit, la vaisselle, les repas. Les courses, les médicaments, la pression. M'asseoir, me lever, manger. Me coucher. Recommencer. Attendre Matteo. Retrouver Aisha. Oublier Daphnée Sanschagrin. Recommencer.

Je m'observais du coin de l'œil et je m'apercevais à côté du lit, à côté de l'évier, à côté de la table, de ma carte de crédit, du pilulier. Dédoublée. Je flottais sur ma vie depuis plus de trois semaines. Dans la boîte aux lettres, où je me ruais chaque matin avec l'application d'un cambrioleur, j'avais enfin trouvé une enveloppe adressée à Matteo qui ne soit pas envoyée par Amnistie Internationale, l'Unicef ou la Croix-Rouge. Autre chose qu'un monsieur le professeur et cher collègue, il me fait plaisir de, nous serions ravis que, veuillez agréer.

Une carte postée d'un coin reculé de Russie, une semaine plus tôt. Pas de signature. Trois timbres. Une seule phrase, énigmatique et alambiquée, que j'allais pouvoir analyser jusqu'à l'écœurement. « La vie ne me donnera pas ça : vous à mes côtés. »

Sur l'écran plat, une vadrouille à vapeur pouvait désinfecter tous les types de surfaces. Trois versements faciles. Il n'était pas obligatoire d'acheter aussi les lingettes microfibres super absorbantes qui étaient offertes en option, mais l'animatrice le recommandait fortement.

Dehors, il pleuvait toujours.

## GUÈRE OUTILLÉE

Pressée de naître, Daphnée Sanschagrin se retrouva aussitôt dans un incubateur où elle allait résider pendant deux mois et demi. Une main gantée se glissait régulièrement dans le trou pratiqué à cet effet, pour l'encourager à tenir bon. Alimentée par perfuseur, la petite chose fripée finit par sortir de sa boîte vitrée à la fin de l'hiver, sous le regard attendri des infirmières. Ses parents vinrent la chercher à la pouponnière quelques semaines plus tard. « Ils voulaient quelque chose de vert pâle pour s'harmoniser avec le salon », a-t-elle coutume de raconter.

M^me^ Sanschagrin, une femme elle-même bien en chair, s'empressa de suralimenter sa nouvelle fille unique pour lui assurer une longue vie de santé. Un livre de cuisine toujours ouvert sur le comptoir, elle consacra ses matinées à chercher les recettes qui sauraient le mieux atténuer sa culpabilité d'avoir laissé pour moribonde la demi-portion arrivée trop tôt sur la terre et si tard dans sa vie, puisqu'elle avait déjà quarante-deux ans. Pendant que l'enfant roucoulait dans son parc, elle sortait le rouleau à pâte, les œufs et la tasse à mesurer pour préparer des desserts de six étages et des tartes meringuées. Quand M. Sanschagrin rentrait du garage, couvert de cambouis et fatigué, mais toujours prêt à balancer un bébé sur ses genoux en lui fredonnant des rimettes, la maison embaumait le gâteau au chocolat et la tarte au sirop d'érable.

« Oh, la belle grosse fille ! », s'exclamaient les voisins le dimanche, lorsque les Sanschagrin la promenaient dans la magnifique poussette prêtée par la plus jeune sœur de M^me^ Sanchagrin. Comblée par l'attention bruyante qui se déployait autour d'elle, Daphnée multipliait les areu areu.

Aujourd'hui, elle n'a aucun souvenir de cette époque sereine. Sa mémoire débute à six ans, au moment où une nutritionniste zélée l'a brutalement sortie de l'enfance. Durant la consultation, le sucre et le sel furent identifiés comme étant les grands ennemis de Daphnée et M^me^ Sanschagrin dut ranger son rouleau à pâte. La vie, désormais, s'accompagnerait de repas délavés et de calculs minutieux, mais aussi d'épuisement et de découragement. La faim allait devenir la plus fidèle compagne de Daphnée.

Petite, Daphnée fut potelée. Adolescente, elle devint grassouillette. Puis, grosse, un mot que ses parents ne prononcèrent jamais devant elle, parce qu'elle cessa de grandir beaucoup trop tôt. Jeune adulte, elle resterait le genre de personne dont on dirait, en cherchant gentiment ses mots, qu'elle a un joli sourire et une voix intéressante. Par habitude et pour distraire les regards gênés par son embonpoint, même lorsque de temps à autre il s'atténuerait, elle continuerait à sourire et à parler plus que nécessaire.

Pilules coupe-faim, clinique Mayo, Scarsdale, Weight Watchers, cure de raisins, de bananes ou de pamplemousses. Toute une industrie fit miroiter à

Daphnée la possibilité de ressembler un jour à une asperge. L'essentiel de son enfance et de son adolescence, constitué de privations et d'échecs, se passa à compter les calories et à détester la balance électronique que les Sanschagrin s'étaient procurée à la pharmacie en prétextant qu'elle ne leur avait rien coûté grâce aux coupons-rabais.

Les camarades de classe de Daphnée en rajoutèrent en la dépassant d'une tête et demie à l'aide des talons aiguilles de leurs bottillons. Ces années-là, Daphnée perdit neuf kilos et en reprit quinze, avant d'être condamnée à porter des semelles compensées dans ses chaussures à lacets élastiques, pour atténuer ses maux de dos. Quand les autres filles commencèrent à s'échanger leurs minidébardeurs en comparant leur nombril et leurs tatouages, Daphnée, toujours habillée de noir et toujours désireuse de se faire des amies, tâcha de les suivre en discutant chaussettes et bracelets. Mais le jour où Margot Gagnon lui demanda, du haut de ses quarante-trois kilos, si elle avait enfin l'intention de se faire rapetisser l'estomac pour pouvoir manger moins, Daphnée posa sa branche de céleri sur la table de la cafétéria et abandonna définitivement la meute. Elle se réfugia à la bibliothèque, dans le sous-sol de l'école.

Ce sont d'abord les livres qui sauvèrent la vie de Daphnée. Au départ, elle leur tourna autour en se déplaçant dans les allées de la bibliothèque, assez lentement pour ne pas briser la tranquillité du temple.

L'ordre alphabétique des rayonnages lui plaisait, tout comme l'odeur mentholée du ruban adhésif qui enserrait les jaquettes plastifiées. Tous les titres l'attiraient et elle eut du mal à se décider. Pas une fois elle ne se servit du catalogue électronique, préférant toujours les regarder en face. Certaines éditions toutes neuves, la collection Bouquins, par exemple, étaient légères avec leur papier fin très semblable à celui des pages de la grosse bible que M^me^ Sanschagrin cachait dans le tiroir de sa commode. D'autres étaient si lourdes qu'on devait presque prendre le volume à deux mains pour ne pas en déchirer le dos. La majorité ne payait pas de mine et il fallait de l'imagination pour deviner leurs secrets. Éblouie, Daphnée promenait son nouveau regard de reine sur les milliers d'ouvrages qui, désormais, lui appartenaient.

Les étagères les plus accessibles, celles qui n'exigeaient pas qu'on se baisse au ras du sol et qu'on se relève, prise d'étourdissements, lui simplifièrent la tâche. C'est ainsi qu'elle ne lut d'abord que des auteurs dont le nom commençait par l'une des premières lettres de l'alphabet. Elle parcourut la forêt du grand Meaulnes, l'île de Robinson Crusoë, le Yorkshire des sœurs Brontë et la campagne d'Emma Bovary. Elle se prit d'affection pour Alexandra David-Néel et passa avec elle plusieurs semaines au Tibet. Tout un hiver, pendant que les autres s'agitaient dans la neige et le froid, elle fréquenta Alexandre Dumas père et fils, avec un penchant marqué pour le père.

Daphnée découvrait que quelques paragraphes suffisaient à l'extraire de son corps, une expérience qui, contrairement à celle du cannabis et du rhum qu'il lui était arrivé de consommer le vendredi soir, ne la laissait pas pantelante et fatiguée le lendemain. Elle réalisait avec étonnement que, lorsqu'elle se laissait choir sur le seul fauteuil un peu confortable du sous-sol de la bibliothèque, il lui arrivait même d'oublier d'avoir faim.

Les parents de Daphnée, pensant bien faire, essayèrent plusieurs fois de l'inscrire à des cours de gymnastique, de danse africaine ou de badminton. Les larmes de leur fille, terrorisée à la seule idée de devoir exhiber son corps, son dégoût des gymnases (« L'odeur me soulève le cœur », affirmait-elle), ses maux de ventre incessants et sa phobie croissante des foules les obligèrent à baisser les bras.

Un jour, l'école organisa une sortie de groupe à la piscine de la ville, ce qui sema un climat d'épouvante dans la tête de Daphnée. Pendant des mois, M^me^ Sanschagrin raconterait à ses sœurs que l'achat du premier maillot de bain de sa fille avait été, de loin, l'épreuve la plus coriace de sa vie de mère. Elle en fut d'autant plus marquée que Daphnée refusa de le porter, préférant rester plantée derrière la porte vitrée du vestiaire des filles, affublée de son chandail ample et de son éternel jean noir, son sac de sport tout neuf à la main, pour regarder les élèves hurler en se lançant le ballon dans l'eau.

Au bout d'une heure, alors que la classe se ruait vers les douches, Daphnée en profita pour faire le chemin inverse et s'asseoir discrètement dans les gradins. Le maître nageur rangeait les bouées et accrochait les cordons qui formaient les couloirs. Quand il eut terminé, il fouilla dans un tiroir avant de s'avancer vers Daphnée et de lui tendre une feuille sur laquelle étaient inscrites les heures d'ouverture de la piscine.

— Entre neuf et dix heures, il n'y a presque personne. Surtout les soirs de semaine.

Daphnée conserva l'horaire, plié en quatre dans son porte-monnaie, durant près d'une année avant de se décider. Un soir de mai, sans prévenir ses parents, elle enfila le maillot sous son jean, fourra une serviette de bain dans son sac et prit l'autobus jusqu'à l'édifice municipal qui abritait la piscine. Le vestiaire était vide. Quelques vieilles personnes barbotaient sans la regarder. Après une longue hésitation, appuyée à l'échelle, elle se sépara finalement de sa serviette et laissa entrer son corps lourd dans le bleu turquoise de l'eau. D'un seul coup, la grâce de l'apesanteur l'enveloppa.

Au cours des semaines qui suivirent, M$^{me}$ Sanschagrin remarqua que sa fille ne se rongeait plus les ongles. Son mari pleura quand elle lui annonça que Daphnée s'était inscrite à un cours de natation. Quant à Daphnée, elle s'enhardissait déjà à formuler un rêve. Un jour, je nagerai dans la mer.

L'histoire d'amour de Daphnée Sanschagrin avec le sous-sol de l'école lui permit de franchir l'âge ingrat dans une totale mais réconfortante solitude. Il lui arriva souvent de sécher ses cours, de ne pas entendre la cloche pourtant stridente qui ramenait les élèves en classe, mais Violette, la responsable de la bibliothèque, cessa de la rappeler à l'ordre à partir du moment où les professeurs avouèrent que, sauf en éducation physique, ils n'avaient pas à se plaindre des résultats scolaires de M^lle^ Sanschagrin.

Encouragée par Violette, qui devait parfois la mettre dehors pour pouvoir enfin rentrer chez elle, Daphnée se risqua à sortir les livres de la bibliothèque pour les rapporter à la maison. Les trimballant entre le fond de son sac à dos et le dessous de son oreiller, pour les avoir toujours à portée de main, elle put ainsi se familiariser rapidement avec le premier quart du dictionnaire des écrivains. Puis, s'attaquer aux rangées inférieures.

— Tu es sûre que tu dors bien ? Je trouve que tu as les yeux fatigués. S'ils ne mettaient pas autant de chlore dans la piscine, aussi…

L'adolescente ne répondait pas.

Un matin, après une nuit difficile en Sibérie dans les bras du docteur Jivago, rebutée par le petit caractère et la complexité des noms, prénoms et surnoms russes, Daphnée fit une chose inhabituelle. Elle sauta deux cents pages du roman pour lire immédiatement la fin. Elle tomba ainsi sur les poèmes de Youri qu'elle parcourut, déconcertée, en s'attachant à chaque mot. « Vivre est plus que traverser un champ. » À part les fables de La Fontaine et quelques comptines de l'école primaire, elle n'avait encore jamais lu de poésie. « La nuit blanche qui en a tant vu. » La gorge de Daphnée se serra. « Et de nouveau tout m'est indifférent. » Quand elle referma le livre, elle descendit à la cuisine où sa mère préparait le café.

— Maman, je sais ce que je veux faire plus tard.

Sa mère plissait le front, déjà inquiète.

— Je vais devenir une poète russe.

Quand vint le moment de s'inscrire à l'université, Daphnée n'eut aucune difficulté à se faire admettre en littérature. Ponctuelle et douée, elle suivait ses cours avec enthousiasme et se démarquait quelquefois par des interventions bouffonnes, qui sortaient la classe de sa torpeur. Elle se fit ainsi des camarades, une bande délurée, garçons et filles, qui semblaient accorder plus d'importance aux exercices de style de Queneau qu'à l'exercice physique, ce dont elle leur fut tout de suite reconnaissante. Après les cours, elle se laissait inviter par la confrérie au théâtre, à une soirée de poésie, au bar du campus et, progressivement, dans les appartements dégarnis et surchauffés des uns et des autres.

Au sortir de ces soirées bien arrosées, durant lesquelles elle s'appliquait à amuser ses nouveaux amis,

Daphnée voyait les couples se former sous ses yeux en se demandant à quelle heure viendrait son tour. Au début, quand un ami-i l'approchait pour savoir si elle accepterait de le rencontrer seul à seule, elle ne se questionnait pas sur ses propres désirs et se rendait en tremblant au rendez-vous, maquillée, vêtue de sa plus jolie tunique et prête à tendre la bouche et les bras. À la longue, elle s'habitua à ce qu'ils lui confient, « comme à une sœur », disaient-ils en lui pressant l'épaule, leurs propres angoisses amoureuses dont elle ne faisait pas partie. Ce rôle de conseillère matrimoniale rehaussa encore un peu le statut de Daphnée dans le groupe. Elle s'en enorgueillit, joua à l'entremetteuse comme si rien ne lui faisait plus plaisir. Faute de mieux, elle sut se rendre indispensable.

Certains jours, elle enfilait néanmoins les couloirs de la piscine du centre sportif avec une telle fougue qu'elle ne remarquait pas que les nageurs voisins s'en plaignaient. La nuit, dans son studio en demi-sous-sol, elle mettait du temps à s'endormir, un livre de Pouchkine ou de Maïakovski à la main, la lampe encore allumée et des mouchoirs en boules par terre. Elle appelait sa mère le dimanche : « S'il te plaît arrête de t'angoisser, maman : ma nouvelle vie est formidable ! »

À la suite des livres et de l'eau, un bonheur au moins aussi grand que les précédents entra sans prévenir dans la vie de Daphnée. Le cours de Matteo Jordi portait sur l'approche comparatiste de la création littéraire et était réservé aux étudiants de deuxième année. Daphnée s'apprêtait à le suivre, sans *a priori* et sans, surtout, se douter de l'émoi que lui causerait le professeur dès l'instant où il s'avancerait au lutrin.

Matteo avait la réputation de tenir ses élèves en haleine et l'amphithéâtre était presque plein. Coincée au fond de la classe avec sa bande de copains, déjà séduite par l'humour et l'accent qu'elle entendait clairement, Daphnée ne prit d'abord aucune note, trop occupée à détailler la tête poivre et sel de l'Italien. À la pause, elle alla s'asseoir à une extrémité de la salle pour mieux voir. Les trois heures de cours terminées, elle s'empressa de courir à la bibliothèque pour sortir les livres proposés et se procurer ceux de Matteo. Elle les compulsa presque tous en une fin de semaine, retapant consciencieusement les extraits qui lui semblaient les plus importants dans l'ordinateur portable que ses parents lui avaient offert pour ses vingt ans. Elle passa les jours suivants à préparer son sujet de recherche. Elle oublia son rendez-vous hebdomadaire avec les amis. Personne ne téléphona pour savoir si elle était malade.

Le jeudi, dès que les portes de l'amphithéâtre s'ouvrirent, Daphnée entra la première. Elle s'installa sans hésiter au milieu de la première rangée. Le cours passa trop vite pour qu'elle ait le temps de préparer une question intelligente qui aurait permis au professeur de la remarquer. Elle eut cependant l'impression qu'il l'avait regardée, elle précisément, au moment où il parlait des influences littéraires cachées et des difficultés qu'avaient des lecteurs non avertis à les repérer.

Après le cours, elle s'agglutina avec les autres étudiants autour de Matteo, dans l'espoir de lui parler du travail qu'elle envisageait pour le cours. Elle s'en voulut de n'avoir pas eu la présence d'esprit de s'asseoir à une extrémité de la grande salle pour arriver plus rapidement près de l'estrade. La prochaine fois, pensa-t-elle, en regardant Matteo sortir en compagnie d'élèves animés, dont la conversation semblait le passionner.

Quelques jours plus tard, sa mère ne la trouva pas très bavarde au téléphone. « Dis donc, tu ne serais pas amoureuse, toi, ma coquine ? » demanda-t-elle pour la faire rire. Daphnée ne fit même pas l'effort de répondre.

Après avoir tapé le nom de Matteo dans Google toutes les demi-heures pour vérifier qu'aucune nouvelle entrée ne s'était ajoutée, Daphnée prit une décision : si Maria Callas avait réussi à perdre vingt kilos en quelques mois, elle le pourrait aussi. Elle s'astreignit donc à un nouveau régime miraculeux, très en vogue aux États-Unis, qui lui garantissait des résultats spectaculaires.

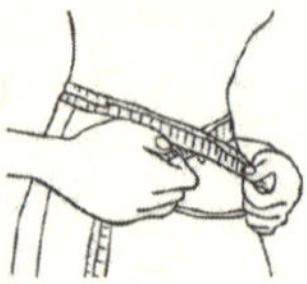

**Nouveau régime miraculeux, très en vogue aux États-Unis**

**RÉSULTATS SPECTACULAIRES GARANTIS !**

**Petit-déjeuner** :
Une galette de riz avec 1/2 cuillère à soupe de beurre d'arachides (84 calories)

**Dîner** :
Un œuf dur en tranches avec 1/2 cuillère à soupe de mayonnaise sans gras (98 calories)

**Souper** :
50 grammes de rôti de bœuf maigre avec 1 cuillère à thé de moutarde douce (47 calories)
1/2 tasse de purée de pommes non sucrée, saupoudrée d'un soupçon de cannelle (56 calories)

**En cas de fringale** :
4 ou 5 tomates cerises (3 calories chacune)

Ses provisions enfermées dans de petits contenants de plastique, Daphnée vécut pendant quelques jours dans un état de semi-euphorie. Elle ne dormit plus et fut trop fatiguée pour aller nager. Ses camarades la trouvèrent plus hilarante que jamais et, en moins d'une semaine, elle put resserrer la taille de son pantalon avec une épingle de nourrice.

L'après-midi du cours, Daphnée s'enhardit à porter un chandail un peu plus moulant sur une jupe longue, sa jupe bleue de Noël, et à chausser des bottes achetées la veille dans une friperie. Elle s'assit devant, en bout de rangée, déterminée à bondir vers l'estrade à la mi-temps du cours. Elle savait déjà ce qu'elle dirait, les analogies entre Ronsard et Maïakovski malgré leurs différences, elle les avait trouvées toute seule, elle était certaine que Matteo en comprendrait l'importance. « Quatre siècles d'écart pourtant, qu'en pensez-vous ? » demanderait-elle d'une voix engageante.

Dès que le professeur commença à ranger ses feuilles pour annoncer la pause-café, elle se leva mais dut aussitôt se rasseoir. Ou bien elle crut qu'elle s'était levée. Les bancs tournaient autour d'elle. La pente du sol s'enfonçait dangereusement. De plus en plus vite. Elle eut envie de vomir. Pas sur ma jupe, pensa-t-elle. Pitié, non… Pas devant tout le monde !

Sur les murs blancs du réduit qui servait d'infirmerie, une affiche montrait un attroupement de jeunes sportifs, toutes dents dehors, qui levaient leur verre de lait vers Daphnée sur un fond de ciel très bleu. « À ta santé ! » lisait-on en rouge vif au-dessus de leur tête. Daphnée distingua aussi une chaise sur laquelle étaient posés son manteau et son sac à dos, ainsi qu'une table où s'étalait un assortiment d'objets hétéroclites, visiblement destinés à soigner des blessures mineures. Elle était seule.

En se redressant, elle s'efforça de ne pas imaginer comment on l'avait transportée là et les commentaires qui n'avaient sans doute pas manqué parce qu'on avait dû la trouver lourde. Très. Si. Trop. Mais elle ne songea qu'à ça et se sentit humiliée. Elle ne remettrait plus jamais les pieds dans le grand amphithéâtre. Elle changerait de département. D'université. De pays. Sa montre indiquait que le cours était terminé depuis plus d'une heure. Comment avait-elle pu dormir aussi longtemps ? Comment avait-elle pu être assez sotte pour penser que Matteo Jordi s'intéresserait à une future poétesse russophile ? Obèse.

Elle remettait ses bottes quand quelqu'un tourna la poignée de la porte. Son pouls s'accéléra et elle ne put s'empêcher de croire malgré tout : c'est lui ! Espoir fugace. Un gardien de sécurité passa la tête dans l'entrebâillement.

— Je t'ai entendue bouger. Tu te sens mieux ?

— Oui, oui, comme un charme, grogna Daphnée.

Elle s'efforça d'esquisser un petit signe rassurant et le gardien sembla soulagé.

— Parfait, se contenta-t-il d'ajouter avant de lui ouvrir toute grande la porte.

Elle défroissa sa jupe, ramassa ses choses, vérifia que ses notes de cours étaient bien dans son sac et sortit, encore un peu étourdie. Ses nouvelles bottes lui sciaient les pieds.

En quittant le pavillon, elle eut froid. Dans l'autobus, elle cacha son visage dans son col pour éviter les regards. Chez elle, elle compta ses sous et commanda une pizza de taille moyenne, toute garnie, et un cornet régulier d'oignons français. La promotion incluait deux litres de Coke et quatre biscuits aux pépites de chocolat. Elle fut malade une partie de la nuit et resta couchée le lendemain. Le téléphone retentit très tôt, le bruit de son évanouissement avait dû circuler. Elle le débrancha sans répondre. Vers midi, quand on sonna à sa porte, elle ne bougea pas. Elle n'émergea que le surlendemain. En quittant son studio pour aller faire l'épicerie, elle trouva une enveloppe blanche dans sa boîte aux lettres. Une page à l'en-tête du département de littérature et linguistique, imprimée à l'ordinateur et signée à la main. J'espère que vous allez mieux. Matteo Jordi.

C'était la première fois que Daphnée Sanschagrin recevait une lettre d'amour.

Daphnée ne racheta pas de tomates cerises. Elle retourna au cours et, sans les regarder dans les yeux, remercia les colosses qui l'avaient déménagée à l'infirmerie. Dès qu'elle était entrée dans l'amphithéâtre, Matteo s'était dirigé vers elle pour lui confier une douzaine de mots qu'elle entreposa dans le coin le plus en vue de sa mémoire. Cette fois, pendant le cours, Matteo la dévisageait franchement en abordant des sujets complexes qu'elle cherchait ardemment à démystifier. Fallait-il se tourner vers l'auteur ou vers son œuvre pour découvrir la vérité d'un roman ? Elle remplissait son cahier de notes sans rature en y inscrivant des mots comme « téléologique » et « intertextualité », dont le sens lui échappait mais qui, une fois prononcés par Matteo, s'intégraient naturellement à son vocabulaire. Au téléphone, sa mère se plaignit de ne plus la comprendre quand elle parlait.

Son secret enfoui comme si c'était le collier du dernier empereur inca, Daphnée rayonnait au point de presque devenir jolie. Ses camarades de classe se pressèrent un moment autour d'elle, mais elle y fit si peu attention, trouvant tout à coup normal de loger au centre du monde, qu'ils la délaissèrent à nouveau. Penchée sur ses livres, Daphnée traversa le trimestre avec une insouciance inégalée, d'un jeudi au suivant, et elle produisit une réflexion éblouissante sur les désillusions de Pierre de Ronsard et de Vladimir Maïakovski, que Matteo commenta longuement en classe. À la veille des vacances, il lui proposa de devenir son assistante en septembre. Daphnée répondit par un flot soutenu de paroles, tout en essayant de contenir son enthousiasme et son impatience. Dans sa précipitation, elle s'entendit parler de sa future thèse de maîtrise dont elle improvisa le sujet sur l'heure. Il sembla trouver que c'était une excellente idée.

Daphnée passa l'été chez ses parents et travailla à la piscine comme monitrice. Elle se fit couper les cheveux et perdit six kilos et demi sans efforts.

L'assistanat de cours comporte peu de défis insurmontables et ce ne sont pas les corrections d'examens ou les courriels des étudiants qu'elle filtrait pour Matteo qui firent trembler Daphnée. Pas non plus la dizaine d'heures hebdomadaires qu'elle passait seule dans le bureau du professeur, à compiler des bibliographies, à résumer des thèses ou à décrocher le téléphone s'il sonnait. Ce qui fit trembler Daphnée, ce fut la fulgurance de son émoi pour Matteo Jordi.

Elle ne se rendit pas tout de suite compte que, passé la première rencontre établissant son horaire et son contrat, elle n'aurait que rarement l'occasion de se trouver seule avec lui. Elle s'était imaginé des tête-à-tête quasi quotidiens, cafés dans la salle des profs, rendez-vous au bureau. Peut-être même un raccompagnement en voiture. Elle avait eu tout l'été pour rêver d'une complicité progressive qui s'établirait entre eux et porterait Matteo à lui demander, par exemple, d'assister aux cours qu'il donnait. Le soir, la tête sur l'oreiller, elle se voyait au restaurant avec lui, éclairage feutré, discussion brillante. Puis, un ton de confidence. L'addition qu'il refusait de lui faire payer. Elle n'osait pas s'en représenter davantage mais, au fond d'elle-même, elle se construisait un petit château en Espagne et traversait le pont-levis au bras de Matteo Jordi, en souriant à la foule massée pour les saluer.

Dans les faits, ils se croisaient en coup de vent et leurs conversations étaient sans cesse interrompues par une urgence ou une autre. Leur principal mode de communication fut électronique et, bien que Daphnée choisît méticuleusement les mots qu'elle lui envoyait et en vérifiât dix fois l'orthographe, Matteo, même s'il lui répondait dans l'heure, le faisait brièvement, en termes toujours cordiaux mais loin d'évoquer la connivence espérée.

L'adoration de Daphnée se nourrissait de miettes. Aux heures où elle devait assurer la permanence dans le bureau de son professeur, elle tournait la clé dans la porte avec autant de ferveur que si elle pénétrait dans un sanctuaire. Son pouls s'accélérait à la seule vue des classeurs, de l'ordinateur toujours ouvert, du fouillis de la table de travail et du fauteuil pivotant sur lequel elle se ruait pour vérifier si la chaleur de Matteo s'y trouvait encore. Les premières fois, elle ne toucha à rien, osant à peine déplacer un crayon. Petit à petit, elle prit l'habitude d'entrouvrir l'agenda, fermé mais bien en vue, sous prétexte de s'assurer qu'aucun rendez-vous auquel elle devrait participer n'y était inscrit.

Un matin qu'elle était arrivée plus tôt au département, elle trouva Matteo assis devant l'ordinateur, en train de rédiger quelque chose dont il ne réussit à s'extraire que pour la saluer expéditivement en lui demandant de patienter un peu. Elle bégaya, s'excusa et sortit en faisant le moins de bruit possible, catastrophée de l'avoir dérangé. Quand il lui céda les lieux à la hâte, un quart d'heure plus tard, la première chose qu'elle fit en s'installant à sa place fut de vérifier les derniers fichiers sur lesquels il venait de travailler.

Dès la fin du mois d'octobre, Daphnée se mit en tête d'offrir un cadeau de Noël à Matteo. Elle délaissa brutalement la piscine et les soirées littéraires du campus pour leur préférer les boutiques de livres anciens et les librairies usagées. Sérieuse et concentrée, elle chercha l'œuvre rare qui témoignerait avec finesse de sa sensibilité à l'endroit de son professeur. Des semaines passèrent, au cours desquelles elle parcourut des dizaines d'ouvrages chers et prétentieux. Puis, à quelques heures de baisser les bras, elle trouva la première édition italienne du *Mimesis* d'Erich Auerbach, dont le sujet était si pertinemment la représentation de la réalité dans la littérature occidentale qu'elle resta éblouie devant sa chance et se procura le livre sur-le-champ. Cent trente-deux dollars. Ses mains tremblèrent en ouvrant son porte-monnaie.

La carte qui allait accompagner le cadeau fit l'objet de tâtonnements intenses quant à l'image à choisir, et d'un nombre incalculable de remaniements, quant au texte à y inscrire. Finalement, Daphnée arrêta son choix sur un paysage nocturne enneigé, au ciel rempli d'étoiles, et elle se contenta de vœux brefs mais bien tournés. Transportée, elle emballa le livre dans un papier rouge et vert, qu'elle ficela avec un joli ruban doré. Sur l'enveloppe de la carte, elle calligraphia prudemment « M. Jordi ».

La petite fête du département, qui chaque année réunissait la direction, les enseignants et leurs assistants, eut lieu le soir du 19 décembre dans le salon des professeurs, décoré pour l'occasion de lumières clignotantes et de branches de pin en plastique. Daphnée s'y rendit dans un état de surexcitation quasi insupportable. Elle parla plus que de coutume et but quatre bières en un temps record.

Matteo ne se présenta pas. Vers onze heures, elle alla déposer la carte et le cadeau dans son bureau. Épuisée, un début de larme à l'œil, elle s'apprêtait à rentrer chez elle quand le grand Jonathan Couillard et son frère Samuel, plus ivres qu'elle, l'accostèrent dans le couloir.

— Hey Bouboulina ! Qu'est-ce que tu fabriques ?

Tout se déroula à la hâte. Le visage des deux garçons, trop près du sien. Leur rire tendu, qu'elle ne parvenait pas à interpréter. Des mains qui se posaient sur ses bras et ses épaules et cette première pensée, merveilleuse, qui lui traversa d'abord l'esprit : les hommes pouvaient donc la trouver désirable. Sauf que, quand ils voulurent l'entraîner dans le local étudiant et qu'elle résista, Samuel la plaqua contre le mur et Jonathan colla des lèvres mouillées sur son cou. Daphnée, même si les garçons la dépassaient tous les deux d'au moins une tête, se débattit. Assez fort pour que Jonathan perde l'équilibre et tombe. Tandis que son frère l'aidait à se relever, il fulmina :

— Viens, Sam. Qui voudrait de ce gros cul, de toute façon ?

Les deux étudiants déguerpirent en faisant mine de lui cracher au visage. Daphnée, plantée au milieu du couloir, écouta leurs pas se perdre dans le salon des professeurs. Puis elle ramassa son sac, marcha jusqu'au vestiaire, attrapa son manteau et appela un taxi. Durant le trajet vers son demi-sous-sol, elle évita de réfléchir. Elle ne bougea pas et ne ressentit rien.

Durant les vacances de Noël, Daphnée ne fit rire personne et la parenté attribua cet inhabituel manque d'entrain aux rigueurs de l'hiver et de la discipline universitaire. L'étudiante se confina dans un mutisme morose et mangea des doubles portions avant, pendant et après les repas.

À la rentrée, un mot de remerciement était placé bien en vue sur le bureau de Matteo. Il l'avait rédigé à la main et n'y ménageait pas les superlatifs pour exprimer sa joie d'avoir découvert le *Mimesis* en traduction italienne. Il avait joint au carton un exemplaire dédicacé de son propre livre, sans savoir que son assistante l'avait acheté le jour de sa sortie. « Pour Daphnée, bien amicalement », suivi d'un gribouillis. Le carton fut glissé, l'après-midi même, dans un porte-document contenant déjà les courriels échangés avec Matteo, que Daphnée imprimait au fur et à mesure qu'elle les recevait. Elle y ajouta la photo plastifiée, punaisée jusqu'alors au-dessus de sa lampe de chevet, celle qu'affichait le site du département et qu'elle avait imprimée en noir et blanc, mais un peu trop agrandie, si bien que le visage de Matteo se décomposait en pixels quand on le regardait de près. Quant au livre, elle le rangea sur l'étagère du milieu de sa bibliothèque, à côté de l'exemplaire qu'elle possédait déjà. Ses gestes étaient mécaniques, sans enthousiasme. Elle ne rouvrirait plus le porte-document.

Pendant quelques semaines, le trimestre ne fournit à Daphnée aucune occasion de se sentir moins misérable. Elle passa la soirée de son anniversaire toute seule, enfermée dans son demi-sous-sol, et Matteo s'absenta durant tout le mois de février, ce qui alourdit sa charge de travail. Leur correspondance prit une petite ampleur, mais elle n'accordait plus d'importance aux courriels de son professeur, ne remarquant plus les formulations sympathiques ou les jeux de mots amusants. Le médecin de la cité universitaire, chez qui elle finit par prendre rendez-vous, lui prescrivit des antidépresseurs. Elle cessa cependant de les prendre quand elle lut dans les petits caractères que la prise de poids faisait partie des effets secondaires.

Au retour de Matteo, Daphnée s'était considérablement isolée et avait abandonné l'idée de faire une maîtrise. Elle ne le confia pas à ses parents et ne l'annonça pas tout de suite à Matteo. Par contre, dans ses cahiers quadrillés aux couvertures cartonnées, des dizaines de poèmes s'étaient alignés d'une écriture frénétique, souvent illisible.

L'obscurité de l'hiver peut engourdir la sensation d'être vivant, mais l'obscurité de l'hiver dans un demi-sous-sol peut l'engloutir. Un rideau de neige condamnait la seule fenêtre de l'appartement de Daphnée, six mois par an. Le premier jet de lumière qui parvint à se faufiler jusqu'à son matelas arriva donc avec beaucoup de retard chez elle, ce qui ne facilita pas l'apparition de sentiments primesautiers.

Sa mère lui laissait des messages sur le répondeur qui se voulaient encourageants. « Tu te rends compte ? Tu es une jeune adulte, bientôt diplômée et tu habites en ville ! Si tu savais comme je t'envie ! » Avant de les effacer, la jeune adulte les écoutait en trouvant que sa mère avait un talent inné pour l'hyperbole, mais aucune aptitude pour dissimuler son inquiétude. Daphnée finit par annuler son service de messagerie en expliquant aux Sanschagrin que c'était par souci d'économie. De toute manière, à l'exception de sa mère, personne ne téléphonait.

Depuis la fête de Noël du département, Daphnée ne sortait que pour se rendre à ses cours et au bureau de Matteo. Avançant d'un pas rapide dans les couloirs de l'université, elle regardait droit devant elle. Elle n'intervenait plus en classe et n'avait pas renouvelé son abonnement à la piscine olympique du campus. Accessoirement, il lui arrivait de faire un détour par la bibliothèque, mais elle trouvait les livres qu'il lui manquait à la vitesse d'une marathonienne. Ses notes se raffermirent.

Elle passa l'essentiel de l'hiver dans son studio, dont la surface réduite ne permettait pas de faire les dix mille pas quotidiens que recommandent les experts de la forme physique. Entre la baignoire et la cuisine, dix pas. De l'évier au matelas, sept. Du matelas à la table, cinq. Au bout de la journée, elle ne pouvait jamais avoir dépensé plus de quarante calories. Ça ne la préoccupait plus. Le soir, avant de dormir, plutôt que de s'essouffler comme avant avec des redressements assis et une variété de flexions, dans un espace si limité que ses jambes et ses bras se heurtaient au mur quand elle oubliait de contenir ses élans, elle se préparait maintenant une petite collation.

Si l'on faisait abstraction de l'exiguïté des lieux et de l'absence de lumière, le studio convenait parfaitement à Daphnée qui s'y sentait à l'abri. Le matelas simple était posé par terre, recouvert d'une courtepointe multicolore que M^me^ Sanschagrin avait cousue en secret pendant deux ans avant de l'offrir à sa fille pour Noël. Une planche et deux tréteaux servaient à la fois de bureau, de table de cuisine et de comptoir. Elle était chargée d'une telle quantité d'objets que Daphnée mangeait, lisait et écrivait plutôt sur le matelas, le dos calé dans les oreillers. La bibliothèque tenait sur quelques étagères soutenues par des briques et courbées au centre à cause du poids des livres qui s'y amoncelaient. Au mur, deux affiches suspendues trop haut. L'une représentait la poétesse Anna Akhmatova, le bras sur l'accoudoir de son fauteuil, que le pinceau de Modigliani faisait ressembler à une baleine. Daphnée l'adorait. L'autre, une photographie en couleurs, reproduisait une mer turquoise avec, en avant-plan, la crête blanche d'une vague. Sinon, les murs étaient muets. Même pas un miroir. Surtout pas un miroir. Sur la porte du frigidaire, cependant, à côté des règles du *Guide alimentaire ca-*

*nadien,* ce vers de Maïakovski, que Daphnée avait imprimé en gros caractères: «Cette planète n'est guère outillée pour la joie.»

Le dernier sprint du trimestre s'amorça avec son lot de tensions entre les étudiants nerveux qui réclamaient les points qu'il leur manquait pour obtenir la note de passage ou faire monter leur moyenne, et les professeurs fatigués qui finiraient par escamoter leur dernier cours et par passer plus de temps dans leur maison de campagne qu'au département, à préparer leurs demandes de subvention. Les assistants, eux-mêmes aux prises avec le quotidien, se plaignaient déjà. Pas Daphnée, qui n'apercevait qu'un précipice quand elle regardait vers l'avenir.

Matteo ne l'avait pas invitée au restaurant pour la remercier d'avoir gardé le fort pendant qu'il dirigeait un séminaire dans une université américaine. Par contre, le lendemain de son retour, alors qu'elle venait de lui rendre compte du peu d'événements survenus en son absence, il la surprit en lui tendant non pas une pile d'examens ou un schéma de théorie littéraire, mais une petite boîte qu'elle ouvrit impatiemment. La boîte contenait des boucles d'oreilles zuñis en malachite, achetées dans une boutique du Grand Canyon. Daphnée n'avait jamais eu les oreilles percées mais, pendant qu'il racontait son émotion d'avoir survolé les plus anciennes pierres de la terre, de s'être senti flotter dans le vide et happé par l'éternité, elle l'écouta, prise de court, tournant et retournant les boucles d'oreilles vertes entre ses doigts potelés. Régénérée par l'affection qu'elle sentait tournoyer autour d'eux, elle allait répondre à une question de Matteo (savait-elle ce qui rendait la langue des indiens zuñis unique au monde ?) quand la sonnerie du téléphone s'immisça entre eux. Au premier coup d'œil sur l'afficheur, Matteo s'empressa de répondre tandis que Daphnée, toujours chez les Amérindiens, restait assise en face de lui.

— Mademoiselle Rancourt ! Je pensais justement à vous.

Une pointe de contrariété s'imprima sur le visage de Daphnée et Matteo dût en apercevoir le bout car il fit pivoter sa chaise vers le mur et baissa un peu la voix. Daphnée ne bougea pas, attentive à chacune des monosyllabes qu'émettait Matteo dans le combiné. Mmmm. Oui. Oui. Hein ? Oh ! Puis :

— Mais ça doit bien se trouver, une gardienne ? Tu as demandé à la voisine ?

Long silence. Le dos de Matteo se contracta, son cou et ses épaules s'enfoncèrent de quelques millimètres et son vieux veston se plissa comme un visage anxieux. N'écoutant que son besoin de le rassurer, Daphnée lui tapota le bras.

— Je peux vous dépanner, si vous voulez. Je sais y faire avec les bébés.

Il se retourna et la regarda avec un sourire hésitant qui, au bout de quelques secondes, se métamorphosa en un bouquet de gratitude.

— Vraiment, Daphnée ? C'est juste pour une heure ou deux, tu sais.

Plus tard, quand il la raccompagna dans le couloir, il arborait un air réjoui de cent quatre-vingts degrés en lui jurant qu'elle était un ange.

L'ange quitta la faculté des lettres sans savoir ce qui rendait la langue des indiens zuñis unique au monde, mais tout de même plus légère qu'à l'arrivée. D'une main, elle palpait les boucles d'oreilles en malachite, sorties de leur boîte et glissées dans la poche de son manteau. De l'autre, elle tenait l'adresse du bébé Rancourt et l'heure du rendez-vous, griffonnés sur un morceau de papier.

— Tu trouveras facilement, lui avait prédit Matteo. C'est le seul édifice en hauteur dans un rayon d'un kilomètre.

De son siège d'autobus, pour être certaine de savoir s'y rendre à l'heure dite, elle s'appliqua à le repérer et remarqua le mur de béton qui l'entourait et que les graffitis dépareillaient tapageusement. Dans son studio, elle trouva le temps long et partit un quart d'heure plus tôt que nécessaire.

Daphnée n'était jamais entrée dans un HLM et, bien qu'elle constatât tout de suite le va-et-vient cosmopolite qui ceinturait les deux tours, les yeux en amande, les nuances de peaux, les têtes voilées et les conversations pleines d'accents et de mots étrangers, aucun indice ne lui permit de penser qu'elle se trouvait dans une habitation à loyer modique, puisqu'elle-même ignorait à quoi devrait ressembler une habitation à loyer considérable.

Le logement où elle allait garder était juché au septième étage. Le nombre d'entrées et d'ascenseurs, de même que le labyrinthe de couloirs et d'escaliers prêtèrent suffisamment à confusion pour qu'elle finisse par sonner avec dix minutes de retard. Pourtant, la jeune femme qui lui ouvrit la porte ne songea pas à le lui reprocher et, parée d'une bouche plutôt amicale et d'yeux brumeux, elle en fit même un peu trop en matière de reconnaissance.

— Tu es Daphnée ? Je m'appelle Catherine, donne-moi ton manteau, installe-toi, fais comme chez toi, veux-tu un café, ouvre la télé, je suis si heureuse que tu sois là !

La mère du bébé avait des jambes trop longues pour plaire immédiatement à Daphnée, qui transpira en enlevant ses bottes d'hiver doublées de similifourrure. L'absence de césures dans le discours de Catherine l'asphyxiait et, debout dans ses chaussettes, elle sut d'autant moins où se mettre que la pièce centrale aux murs blancs ne contenait ni parc, ni chaise haute vers lesquels elle aurait pu accourir pour faire diversion.

— Le bébé…

— Oh, Thalie n'est plus un bébé ! Elle s'est enfermée dans sa chambre, comme d'habitude ! Ce sera peut-être long au début, mais je suis certaine que vous allez vous entendre. Je reviens à neuf heures et demie au plus tard, il y a du gâteau au chocolat dans le frigidaire, tu te sers, hein ?

Catherine avait saisi ses clés et la porte se refermait déjà sur elle. Daphnée n'eut même pas le temps de prononcer les phrases polies qu'elle avait préparées avec l'intention de les adapter au contexte. Ton indifférent : Vous êtes une amie de M. Jordi ? Ton familier : Matteo et toi vous connaissez depuis longtemps ? Ton intéressé : Comment vous êtes-vous rencontrés, Matteo ou M. Jordi et toi ou vous ? selon la tournure des événements. Les événements ne tournèrent pas.

Il n'y avait aucun bruit derrière la porte fermée où Thalie était censée se trouver. Daphnée prit donc le temps de classer par ordre alphabétique les épices rangées sur le comptoir de la cuisine et de parcourir les livres et les revues remisés dans un coin du salon. Elle ramassait une peluche bleue coincée derrière le divan quand elle entendit la chambre du fond s'ouvrir et huit pas indécis dans le couloir.

— C'est un jouet idiot.

— J'avais le même quand j'étais jeune, dit lentement Daphnée en découvrant le teint foncé d'une enfant à laquelle elle fut incapable de trouver la moindre ressemblance avec Catherine. Ça lui rendit la gamine tout de suite sympathique.

Une heure et demie plus tard, en lavant l'assiette qui ne contenait plus de gâteau au chocolat,

Daphnée s'étonna d'avoir trouvé une petite sœur là où on ne les cherche pas d'habitude. Une semaine plus tard, Catherine lui remettait un double des clés de l'appartement.

Le samedi, les couloirs du département étaient vides et le silence s'y engouffrait en révélant des bruits de chauffage et de plomberie. Le vent et la neige mouillée du début avril claquaient contre les immenses fenêtres à crémone du vieux pavillon, mais rien de vivant ne remuait. Le samedi, parce que le département n'offrait qu'un intermède muet, Daphnée s'y réfugiait, plus à l'aise qu'en semaine.

Matteo vivait en couple et il fréquentait une femme qui avait une petite fille. Comme Iouri Jivago. Il habitait rue des Tilleuls, dînait avec des amis les mardis et les jeudis, préférait son café noir, sans sucre, parlait passionnément du soccer en général et des équipes italiennes en particulier, n'assistait pas aux réunions du département et correspondait avec une dizaine de centres de recherche, essentiellement européens. Une cicatrice d'un centimètre marquait sa joue droite. Il parlait couramment trois langues et ne possédait pas de voiture. Il rangeait ses chaussures sous sa table de travail. Taille 11. Talons usés. Il cachait une brosse à dent et du dentifrice dans le fond du deuxième tiroir de son bureau. Et maintenant, ça, découvrit Daphnée, décontenancée, pendant qu'elle accrochait son manteau à un cintre.

Un étui à guitare était appuyé contre les classeurs. Près de l'ordinateur, deux verres à pied, dont le fond cerné de rouge provenait de la bouteille vide qui encombrait la poubelle. Quelques feuilles de papier par terre, qu'elle ramassa. Le bureau avait été dégagé de tout ce qu'il contenait habituellement et des miettes de pain, un couteau et deux assiettes sales ne lui conféraient plus aucun sérieux. Les travaux d'étudiants, qu'elle groupait toujours méthodiquement, gisaient pêle-mêle, empilés contre la bibliothèque. Elle saisit un verre et s'assit pour réfléchir, si concentrée qu'elle n'entendit pas Matteo pousser la porte qu'elle n'avait pas refermée à clé. Comme si elle était prise en faute, elle se statufia.

— Hé ! tu ne vas pas encore t'évanouir ?

Non, elle ne s'évanouit pas, mais tout le bureau suintait maintenant l'embarras. En balbutiant quelque chose qui ressemblait à « mon-Dieu-mon-Dieu-mon-Dieu », elle s'empara du deuxième verre et se leva pour aller les laver.

— Laisse. J'étais venu ranger tout ça. Peux-tu me dire ce que tu fais ici un samedi ?

Elle le fixait avec des yeux de fille désespérée.

— Dis donc. Tu es sûre que ça va, toi ?

Après s'être installé en face d'elle, dans la chaise réservée aux visiteurs, il lui prit les verres des mains et s'attacha à faire disparaître les vestiges de la veille en attendant qu'elle se décide à ouvrir la bouche. Elle finit par évoquer la lenteur de l'hiver et parla de sa maîtrise en littérature qu'elle ne ferait pas. Il fit semblant de croire que c'était bien la cause de son évidente tristesse. Puis, pour lui changer les idées :

— Tu n'aurais pas envie de voyager un peu, de voir le monde ?

Daphnée ne disposait d'aucun talent de globe-trotter. Elle avait fait le tour du monde plusieurs fois en tournant les pages de ses livres, mais ne s'était jamais déplacée à plus de deux cents kilomètres de la maison de ses parents. Et encore, sans aucun esprit d'aventure. Pourtant, que possédait-elle à part la liberté d'aller et de venir ? Son professeur remettait les copies des étudiants sur le bureau. Il tendit le bras pour fouiller dans le tiroir d'un classeur.

— Tiens, regarde ça pendant que je vais nous chercher du café.

Le dépliant s'intitulait *De Moscou à Perm, la route du docteur Jivago*. La coïncidence la remua au point qu'elle ne songea plus à demander à Matteo avec qui il avait bu la bouteille de vin rouge.

La rédaction de la demande de bourse pour le stage en Russie les rapprocha et, débordant un peu des limites de son contrat, Daphnée se rendit presque chaque jour au bureau de Matteo où ils purent discuter à bâtons rompus, sans les habituelles interruptions puisque le campus s'était vidé de ses étudiants réguliers.

— À ton âge, lui avait-il suggéré après qu'elle lui eut, une fois encore, parlé de tout sauf de l'essentiel, il faut accrocher sa locomotive aux étoiles, pas aux rails.

Le rire et la voix de Matteo. Ils possédaient une chaleur slave, estimait-elle. Mais quand elle avait osé le lui dire, pensant lui faire plaisir, il s'était lancé dans une tirade fougueuse sur la Russie et l'Italie qui mélangeait les deux guerres mondiales, le fascisme et le mouvement futuriste. Déboussolée, elle n'avait rien compris.

— Tu devrais regarder ça de plus près, Daphnée. Primo Conti et *ton* Maïakovski. Tu seras surprise de ce que tu trouveras.

Elle irait vérifier à la bibliothèque. En attendant, elle surmonta sa timidité et se pencha sur son sac.

— J'ai quelque chose pour vous, murmura-t-elle en lui tendant une enveloppe matelassée.

Il la regarda, intrigué.

— Ne l'ouvrez pas tout de suite, attendez que je ne sois pas là. C'est pour vous remercier.

Voyant combien elle était émue, il posa l'enveloppe sur un coin de son bureau et se leva pour l'embrasser.

— C'est moi qui te remercie, ma petite Daphnée, lui dit-il en la serrant dans ses bras.

Elle sortit précipitamment en luttant contre les larmes que le mot *petite,* qui ne lui avait jamais été offert auparavant, menaçait de déclencher.

Il ne vint pas à la collation des grades.

— Tu cherches tes amis ? avait demandé M. Sanschagrin, que la cérémonie et les discours ennuyaient, mais qui s'appliquait à ne pas bâiller pour montrer à sa fille à quel point il était fier d'elle.

Silencieuse, Daphnée avait vaguement grimacé. Sa seule amie avait neuf ans et demi et il était hors de question de l'avouer à son père. Elle se sentait énorme et ridicule avec son mortier sur la tête. Quand vint son tour de monter sur scène, elle aperçut Jonathan Couillard qui chahutait avec ses copains dans la huitième rangée et elle trébucha sur la toge trop longue qu'on lui avait attribuée. C'est ce moment disgracieux que sa mère immortalisa, sans le vouloir, avec son nouvel appareil photo.

La cérémonie terminée, elle s'agrippa à son diplôme en écoutant ses parents vanter ses mérites sans discontinuer. Du haut du piédestal où ils étaient en train de l'installer, elle eut un petit vertige. Au restaurant, après qu'ils eurent tous les trois commandé le même saumon grillé à l'anis étoilé, risotto de tomates soleil et réduction au miel de trèfle, Mme Sanschagrin sortit de son sac de toile démodé un paquet multicolore beaucoup trop enrubanné, qu'elle tendit à sa fille en essayant de contenir son enthousiasme :

— Vas-y, ouvre-le pendant que ton père prend la photo !

Dès qu'elle eut la boîte entre les mains, Daphnée sut que ce ne serait pas le *Dictionnaire historique de la langue française* en trois volumes qu'elle avait pourtant suggéré à sa mère de lui offrir. La boîte, trop légère pour renfermer des livres et scotchée de tous les côtés, contenait des pelures de papier de soie sous lesquelles était soigneusement plié un ensemble bleu marine, tunique et pantalon, une quantité invraisemblable de tissu chatoyant qui avait dû obliger les Sanschagrin à se priver pour l'acquérir. Daphnée referma vite la boîte pour embrasser sa mère et la remercier.

— Je savais que ça te plairait, je le savais ! Tu seras l'étudiante de maîtrise la plus élégante du département !

M. Sanschagrin ne sachant pas faire fonctionner l'appareil, Daphnée embrassa patiemment sa mère à quatre reprises pour la photo.

Après le restaurant et après que ses parents eurent failli rater leur train de retour parce que M^me^ Sanschagrin voulait encore faire des photos, Daphnée put enfin se refugier chez elle. Dans sa boîte de courriels, elle trouva deux prix de consolation. Thalie lui envoyait une carte virtuelle et des fautes d'orthographe débordantes d'affection, tandis que l'université lui annonçait qu'elle avait obtenu la bourse pour le stage en Russie. Elle essaya de se visualiser au bout du monde pendant un mois. À Moscou, dans les maisons de Pouchkine et de Scriabine. Dans l'Oural, chez Boris Pasternak. Sa *datcha,* son usine, ses falaises. Elle hésitait encore. L'idée de partir continuait à l'effrayer et celle de partager sa chambre ou un compartiment de train avec des inconnus la terrifiait.

Pendant des jours, elle relut le programme et traça l'itinéraire sur une carte en passant de l'excitation à l'affolement. Le passeport, la valise, les vêtements à apporter, tout fut difficile. Au dernier moment, elle retira son maillot de bain de la valise et y glissa plutôt ses cahiers de poèmes, entre le pyjama et les t-shirts.

À la rencontre organisée un peu avant le départ, elle ne fut pas certaine d'aimer ses camarades de voyage. En potassant les notes des deux cours de russe qu'elle avait suivis l'année précédente, elle ne fut pas certaine que ce serait suffisant pour se débrouiller si, comme sa mère le lui avait maladroitement suggéré, des moscovites armés l'enlevaient et la jetaient dans un fossé après lui avoir volé ses papiers et ses dollars. La seule chose dont elle fut certaine, c'est qu'elle enverrait une carte postale à Matteo. Elle avait déjà hâte de coller le timbre. Elle savait déjà ce qu'elle écrirait. « La vie ne me donnera pas ça : vous à mes côtés. » Elle n'indiquerait pas que c'étaient les mots de Marina Tsvetaïeva à Pasternak. Il saurait. Elle ne signerait pas. Il devinerait.

Le voyage se déroula beaucoup mieux que prévu. En arrivant à Moscou, malgré les turbulences du vol, le décalage horaire, la lenteur des douaniers et ses bagages trop lourds, Daphnée fut immédiatement dépaysée et déjà chez elle. Quelques jours plus tard, elle s'avançait silencieusement dans le cimetière de Peredelkino, gênée par la chaleur accablante de ce début d'été russe autant que par le babillage de la guide qui accompagnait son groupe, mais enchantée de rencontrer enfin l'auteur du *Docteur Jivago*.

Au même moment, à sept mille kilomètres de la grande stèle blanche qui marquait la tombe de Boris, la pluie se mettait à tomber dru autour du studio désert de Daphnée. Les premiers nuages, d'une épaisseur inhabituelle et d'un gris qui avait foncé davantage chaque jour, s'étaient amoncelés sur la région un peu avant le départ de la jeune fille, arrivés par à-coups du nord-est avec les vents dominants et retenus à l'ouest par une dépression atmosphérique qui recouvrait maintenant une bonne partie du continent. Avant de déverser leur eau, ils avaient plongé la ville dans une bruine humide et froide qui avait incommodé les poitrines sensibles. Puis, la bruine disparut, remplacée par un crachin poisseux qui verdit la ville en quelques heures. Le crachin céda, à son tour, la place à la pluie, avec des averses parfois si denses que le niveau du fleuve augmenta plus que de coutume.

La seule fenêtre du studio de Daphnée n'était pas fermée et, dans la margelle d'acier galvanisé, l'eau s'accumulait, s'approchant peu à peu du grillage entrouvert.

# DIX ANS, C'EST GRAND

Les HLM sont rarement entourés d'une vue imprenable. Celui de Catherine et Thalie avait été construit entre deux boulevards, au milieu du secteur commercial d'un quartier revitalisé et à bonne distance des arbres et des parcs. N'empêche que, de leur balcon, on pouvait apercevoir trois millimètres de fleuve, à condition de se tenir dans le bon angle. Après l'école, en attendant le retour de sa mère, Thalie s'installait donc en face des trois millimètres. Les mains cramponnées à la balustrade, elle dirigeait une flottille de goélettes sur le point de découvrir un continent dont personne n'avait encore entendu parler. L'embouchure était dangereuse, plus large que l'ilot de maisons qui s'étalait plus bas. Les voiles se gonflaient et le balcon tanguait sous la houle. Terre à tribord ! Un iceberg à contourner ! Un homme à la mer ! Et jamais assez de canots pour sauver tout le monde.

Quand, sur un ordre de la fillette, les goélettes parvenaient à jeter l'ancre malgré les embûches, on pouvait compter les balcons des voisins pour deviner dans combien de secondes Catherine arriverait enfin — deux tours, fois quinze étages, fois quatre balcons par étage — et multiplier par le nombre de vêtements accrochés sur les séchoirs et cordes à linge de fortune installés sur les balcons des autres locataires. Si Catherine tardait trop, Thalie additionnait les voitures qui circulaient et les piétons qui entraient ou sortaient de chez eux. Les sauvetages en mer et les mathématiques constituaient, de loin, ses occupations préférées.

Les heures s'enfilaient ainsi jusqu'à ce que Catherine rentre de son travail à la librairie ou de l'université avec un sac d'épicerie, son cartable plein de livres et, de temps à autre, une surprise pour se faire pardonner d'avoir laissé sa fille seule trop longtemps. Une fois seulement, Catherine trouva un logement vide. Pendant trois quarts d'heure, elle frappa chez les voisins et examina les couloirs, les escaliers et les ascenseurs de la tour. Ce sont finalement les cris de M^me^ Kouri, quelques étages plus haut, qui l'avertirent que Thalie était sur le toit de l'immeuble. Elle avait essayé de faire voler un cerf-volant, bricolé le jour même pendant le cours d'arts plastiques.

— Tu savais, pourtant, que maman rencontrait son directeur de thèse aujourd'hui. Bon, écoute : je t'emmène au bord de la mer pour les vacances si tu veux, proposa Catherine, portée par l'euphorie d'avoir retrouvé sa fille perdue.

Thalie s'enfonça dans le canapé sans répondre puisque sa mère, comme chaque fois qu'elle faisait miroiter une idée intéressante, pensait déjà à autre chose qu'elle inscrivait consciencieusement sur un bout de papier. Les listes de Catherine lui tenaient lieu de mémoire et décalaient toujours la possibilité d'improviser, ne serait-ce que pendant une heure, leur emploi du temps. Et puis, même si une escale imprévue s'était annoncée entre deux obligations, Catherine n'avait jamais d'argent pour le cinéma. On voyait mal comment elle en aurait tout à coup pour la mer. Si je veux des vacances à la plage, pensa Thalie en s'emparant de la télécommande, ma seule chance, c'est que le niveau de la mer s'élève, comme prévu, de six mètres.

Au début de ses études de doctorat, Catherine parla de sa recherche sur la littérature migrante avec un enthousiasme communicatif et Thalie se prit d'un intérêt sincère pour le projet de sa mère. D'autant plus que le refrain de la thèse, avec ses mélanges de pays et ses croisements d'écrivains, évoquait un peu de sa propre identité. Maman blanche. Papa noir. Enfant marron.

Cent fois, Thalie avait demandé à sa mère de lui raconter l'histoire de sa naissance et cent fois, Catherine, estimant qu'il était trop tôt pour la vérité, avait raconté une histoire fleurie dont le héros aux contours flous assumait pleinement sa paternité. Certaines mères oublient rapidement que, pendant leur grossesse, leurs glandes lacrymales ont produit beaucoup plus que l'habituel 1,2 microlitre d'eau salée par minute. Leur mémoire peut même effacer le fait que, dans le taxi qui les a conduites à l'hôpital pour accoucher, elles n'étaient accompagnées que par l'angoisse, la panique et la tristesse.

— Quand j'ai vu la petite boule qui est sortie de mon ventre, avec dix doigts, dix orteils et cette forêt de cheveux noirs sur la tête, j'étais absolument folle de joie, disait plutôt Catherine sans mentir.

— Et papa, qu'est-ce qu'il a fait ?

— Il t'a regardée et il m'a dit, en te prenant dans ses bras forts et en t'embrassant sur le front : je n'ai jamais vu, de ma vie, une petite fille aussi parfaite.

Il fut un temps où cette phrase suffisait à clore le sujet. Thalie repartait jouer dans les bras forts d'un papa émerveillé, le front brûlant. À la longue, toutefois, trop de détails manquèrent et quelques-uns s'entrechoquèrent maladroitement. Papa était mort, peu de temps après sa naissance, d'une crise cardiaque. Trop d'émotion. Boum ! Par terre. Terrassé. Terminé. Thalie avait en vain essayé de soutirer des détails supplémentaires.

— Pourquoi on va pas voir papa au cimetière ? Tu étais où quand il est tombé ? Ma grand-mère est venue à l'enterrement ? La peine qu'on a dû avoir, hein maman ?

Elle n'avait reçu en réponse que des esquives un peu molles et trop brèves pour la rassasier. Et puis, un jour :

— Mais non, chérie, il ne peut pas y avoir de photos de papa et toi, maman n'avait pas d'appareil dans ce temps-là.

Sauf que, quelques mois plus tard :

— J'ai dû acheter cet appareil photo il y a au moins... oh ! quinze ans sûrement.

Ce fut la première erreur de Catherine qui s'en serait peut-être tirée si elle n'avait pas, bien malgré elle, récidivé :

— Mais pourquoi tu t'inquiètes puisque je te dis qu'il n'y a pas de maladie grave dans la famille… Viens plutôt m'aider à sortir les poubelles.

— Et papa ?

— Papa ? Mais ce n'est pas pareil, mon trésor, pas pareil du tout, avait répondu Catherine avec une seconde de décalage qui creusa une brèche dans les rapports, jusque-là transparents, qu'elle avait avec sa fille.

Dès lors, Thalie se détourna de l'histoire paternelle pleine de trous que lui offrait sa mère. Trop occupée pour tout voir, Catherine continua à consigner sa vie sur des listes. Les titres d'ouvrages qu'elle devait lire se trouvaient coincés entre l'épicerie et le dentiste, et la bibliographie ou la révision des notes de bas de page, entre le lavage et les comptes à payer. Tout était inscrit pêle-mêle et biffé au fur et à mesure, recto verso, puis recopié sur une nouvelle page, quand il n'y avait plus de place sur l'ancienne.

Au cours des soirées que Catherine passait à la bibliothèque, Thalie prit l'habitude de s'enfermer dans sa chambre avec l'ordinateur portable de sa mère. Le monde entier se trouvait dans les ordinateurs, donc forcément aussi son père. Il suffisait d'être patiente. En rentrant, Catherine trouvait maintenant la porte du fond du couloir fermée, et Thalie immobile dans son lit, pendant que la gardienne somnolait au salon, la bouche et la télévision ouvertes.

Lorsqu'elles avaient trois ans, Léa et Thalie découpèrent ensemble la tête de la seule poupée Bout'chou de la garderie, la jetèrent dans la cuvette des toilettes et tirèrent la chasse d'eau. Les éducatrices et les parents parlent encore du refoulement d'égout que les assurances refusèrent de couvrir. Ce premier d'une longue série de faits d'armes souda les filles qui traversèrent l'enfance bras dessus, bras dessous.

Quand Léa dût passer des tests sanguins censés expliquer les rhumes, la fièvre et la fatigue qu'elle traînait depuis Noël et que le diagnostic tomba comme un bloc de dix tonnes au cinquième et au septième du HLM, Thalie perdit ses repères. Désormais, elle marchait seule à l'école. Assise à côté d'un pupitre vide, elle ne savait plus à qui souffler les réponses quand M^me^ Annie, la titulaire de quatrième année, alignait des fractions sur le tableau. Elle oubliait sa boîte à lunch à la maison et de rire, sans raison. Même les balançoires toutes neuves, installées l'automne précédent dans un coin de la cour de récréation, se dépouillèrent de leur charme. Pour la première fois, Thalie se contenta de compter les nuages en classe.

Deux filles de la chorale profitèrent de son apathie pour la choisir comme tête de Turc et, après s'être laissée asticoter plusieurs jours de suite, Thalie arracha les lunettes de la plus grande, les jeta par terre et cribla de coups de pied les mollets de la seconde. Les sopranos portèrent plainte. Catherine reçut la facture des lunettes et Thalie se résigna à passer ses récréations le dos contre la grille qui ceinturait la cour, le plus loin possible des balançoires et des autres élèves.

Mme Annie était une femme serviable et pleine de bonne volonté, mais sans talent pour la psychologie de l'enfance. Constatant à quel point Thalie était désœuvrée depuis que Léa ne venait plus en classe, elle redoubla d'attention à son endroit et créa, sans s'en rendre compte, une apparence flagrante de traitement de faveur. Thalie s'attira ainsi deux fois plus d'ennuis qu'auparavant et se renfrogna de plus belle. Heureusement, l'école n'occupait que sept heures fois cinq jours dans une semaine. Heureusement, il restait cent trente-trois heures pour retrouver Léa chez elle ou à l'hôpital.

Pour le cours d'éducation à la citoyenneté, il fallait redonner vie à un objet jeté à la poubelle par les adultes. Mme Annie avait demandé de choisir quelque chose d'inusité, d'oublier les boîtes de conserve et les vieux journaux. Les enfants avaient levé la tête avec enthousiasme.

Même Thalie se prit au jeu. Pendant toute une fin de semaine, elle éventra les sacs verts entreposés dans les bacs à ordures de l'immeuble et, sans s'attarder aux commentaires exaspérés des autres locataires, elle en tria patiemment le contenu. Le dimanche soir, elle essayait encore d'assembler un bric-à-brac de cintres, de fils électriques et de contenants en styromousse pour construire une cage à hamster. Ce n'est qu'au moment de se brosser les dents qu'elle se souvint de la minuscule poubelle de la salle de bain. Derrière la porte verrouillée, assise par terre, elle prit le temps d'en examiner le contenu. Un flacon d'aspirine vide, des cotons-tiges, un élastique. Pas grand-chose. Sous les kleenex, pourtant, un bâtonnet de plastique blanc, plat, muni d'un capuchon bleu. Deux ronds dont l'un, le plus petit, contenait une marque. Bleue, elle aussi. L'objet était trop joli pour ne pas renvoyer la cage à hamster à l'incinérateur. Thalie dormit, le précieux bâtonnet caché sous son oreiller.

Dans sa présentation du lendemain, elle s'avança devant la classe pour expliquer que ce qu'elle brandissait fièrement pouvait servir de thermomètre sans mercure pour jouer au docteur en toute sécurité. Ou de stylo sans encre pour rédiger des messages codés. Elle s'apprêtait à en décrire d'autres usages, mais la maîtresse suggéra promptement de passer à la présentation suivante. En même temps, une voix s'éleva parmi les pupitres du fond :

— Tu vois pas que c'est un test de grossesse ? Vous avez pas ça dans ton pays ?

Embarrassée, M^me^ Annie mit trop de temps à réagir à l'offense faite à Thalie. Son mutisme n'améliora pas la situation. Quand le rire des élèves fusa, Thalie marcha pendant un kilomètre jusqu'à son pupitre, les mâchoires serrées.

Au cinquième étage, Léa n'eut pas le temps de chercher à comprendre ce que cachait la hâte de Thalie. Celle-ci l'entraîna à l'abri des oreilles adultes, tira le test de grossesse de sa poche et se lança immédiatement dans de laborieuses explications.

— Quand la marque est bleue, c'est un garçon et si elle est rose, c'est une fille.

— Et si c'est des jumeaux ?

— Pour les jumeaux, il y a une deuxième fenêtre. Là, tu vois ?

— Et si c'est un jumeau congelé ?

— Les jumeaux congelés sont dans le congélateur, Léa. On les sort seulement après.

Ceci expliquait cela. Les yeux rouges de Catherine n'étaient pas dus à une allergie printanière, mais au fait que les femmes enceintes pleurent. Catherine picorait dans son assiette, soi-disant pour perdre un peu de poids avant l'été, alors qu'on sait que les femmes enceintes vomissent tout ce qu'elles mangent. Quant aux sautes d'humeur de Catherine, il ne fallait pas chercher bien loin. Les femmes enceintes ont tellement peur d'accoucher qu'elles s'en prennent à tout le monde et en particulier à leur fille monoparentale. Excitée, Thalie conclut :

— Elle va avoir un garçon et sûrement pas de pension alimentaire. Et pour son doctorat, ça va être pire qu'avant. C'est pour ça qu'elle m'a rien dit.

— Et peut-être qu'après elle ira au congélateur chercher le jumeau ?

— J'aime mieux pas y penser.

Les gamines se turent, momentanément dépassées par les événements.

— Il nous faudrait un plan, finit par suggérer Léa en avançant ses joues trop roses vers Thalie.

À force d'acharnement, Thalie trouva enfin son père. Dans la chambre d'hôpital où Léa était à nouveau admise pour un traitement, elle eut du mal à contenir son impatience. Elle trépigna jusqu'à ce que Catherine et les parents de Léa sortent ensemble et leur fit promettre de ne pas revenir avant une heure. Ils n'avaient pas sitôt mis un pied dans le couloir qu'elle tirait le rideau autour du lit, jetait sa veste sur le sol et s'emparait de l'ordinateur de Léa en faisant beaucoup de mystères.

— Je l'ai ! Regarde, c'est lui, lança-t-elle en montrant triomphalement l'écran à son amie.

Pendant un moment, Léa resta interloquée tant la révélation de Thalie lui parut extraordinaire. Mais, en scrutant avec elle les photos diffusées dans Internet, elle concéda rapidement que des ressemblances physiques indéniables liaient effectivement Thalie à l'homme photographié. La couleur de la peau, certainement, et peut-être aussi la bouche et le sourire, les cheveux, s'il les avait eus plus longs, et même les sourcils, en y regardant vraiment de très près…

— Tu vois bien que Barack Obama est mon père chimique !

Ça crevait les yeux, en effet. Épatée, Léa ne put qu'acquiescer en jurant de garder le secret.

Les filles se penchèrent sur l'ordinateur pour vérifier la manne de renseignements disponibles sur le père et les deux nouvelles demi-sœurs de Thalie. Ainsi que l'avait annoncé Thalie, les recherches confirmaient l'évidence du lien qui l'unissait à B.O. Comme elle, il avait grandi sans père. Il avait lu tout Harry Potter. Il ne buvait pas de café et il aimait les ailes de poulet. Les articles, toutefois, ne faisaient aucune mention du fait qu'il avait une fille de bientôt dix ans, née au Québec et vivant avec une mère désaxée qui allait avoir un autre bébé. Réalisant qu'il risquait d'être extrêmement surpris, elles parcoururent une deuxième fois les sites qu'elles ajoutaient à leurs favoris, dans un dossier intitulé *Yes we can*. Thalie suggéra de préparer une lettre à B.O. et Léa renchérit en ajoutant qu'il faudrait une photo récente pour le convaincre. Elle s'empara de son téléphone cellulaire pour s'exécuter.

Face, profil, semi-profil. En pied, debout, assise. Gros plan, souriante, sérieuse. La séance de pose fut si bruyante qu'une infirmière dût intervenir pour leur faire baisser le ton. Excitées, les filles choisirent une photo de Thalie, le pouce en l'air comme son père, mais le regard suppliant, pour s'harmoniser avec le texte du courriel qu'elles rédigèrent aussitôt. Thalie y jouait le rôle d'une orpheline adorable, accablée par le malheur et profondément désireuse de connaître son père. Mais leur anglais rudimentaire (comment disait-on « je vous en prie vené me cherché » en anglais ?) les découragea. B.O. ne saisirait peut-être pas l'urgence de la situation. Il n'en saurait même rien du tout s'il fallait qu'un garde du corps ou qu'un pirate informatique intercepte leur message.

— Le mieux, ce serait que je lui parle en vrai.

— Tu veux qu'on téléphone ?

— Le mieux du mieux, ce serait que j'aille le voir.

Léa ne broncha pas.

— De toute façon, il faut que je parte avant que le bébé arrive, ajouta Thalie en baissant encore la voix, électrisée par la tournure rapide des événements.

Léa restait toujours immobile et on entendait déjà la voix de sa mère qui s'approchait de la chambre. Sans attendre, Thalie lui sourit en chuchotant :

— Tu pensais quand même pas que j'allais visiter mon père sans toi ?

Les gardiennes se succédèrent au septième étage, certaines sentant la cigarette, d'autres les caramels au beurre salé. Toutes fournirent un renfort inestimable à Catherine, bien qu'elles aient tendance à prendre l'habitude, l'une après l'autre, de tomber amoureuse, de déménager et de se décommander à la dernière minute. Aguerrie à la variété, Thalie ne s'inquiéta pas outre mesure lorsque Catherine lui annonça la venue d'une Daphnée. Pourquoi celle-ci tiendrait-elle plus longtemps que les autres?

Pourtant, celle qui ne devait pas tenir plus longtemps que les autres plut presque tout de suite à Thalie. Pas tellement parce que, pour une fois, l'étrangère avec qui elle devrait partager l'oxygène de l'appartement était trop jeune pour être sa mère. Pas non plus parce qu'elle s'était amenée les mains vides, sans mots croisés, sans livre de quatre cents pages à lire, sans bouteille de bière et autre excuse pour ne pas avoir à engager une conversation. Ce qui plut à Thalie fut que Daphnée et elle soient presque de la même hauteur.

— Combien tu mesures? fut la première d'une longue série de questions que Thalie posa à sa nouvelle gardienne.

Les trois centimètres et demi qui les séparaient ne pesèrent pas bien lourd dans leur test de compatibilité. Thalie, plus grande que les autres enfants de son âge, et Daphnée, à jamais trop courte, n'eurent aucune confidence à se faire pour se reconnaître un parcours apparenté. C'est ainsi que, dès ce premier soir, Thalie entreprit d'enseigner l'art de faire des tresses africaines à Daphnée, qui repartit chez elle avec une nouvelle tête. La fois suivante, elles laissèrent à peine à Catherine le temps de s'éloigner de l'immeuble pour sortir à leur tour. Dans la cour d'école, Daphnée et Thalie essayèrent toutes les balançoires jusqu'à ce que l'heure tardive les force à presser le pas pour rentrer. Elles arrivèrent un peu avant Catherine, qui trouva la porte entrouverte au bout du couloir et, les entendant bavarder, dût se dire, elle aussi, que Daphnée était un ange.

La gardienne préférée de Thalie s'absenterait tout un mois. Dans la voiture trop petite de Catherine, qui roulait vers l'aéroport, l'énorme valise bleu marine et le sac de voyage assorti étaient posés sur le siège du passager. À l'arrière, Thalie parlait trop bas pour que Catherine puisse suivre la conversation. Son billet et son passeport déjà à la main, tendue comme une corde de violon, Daphnée mesurait du regard l'amoncellement de nuages que devrait traverser son avion et elle respirait difficilement, tandis que Thalie la couvrait de phrases pressées.

— Oublie pas de revenir pour mon anniversaire. Tu vas lui dire quoi à ton docteur russe? Tu parles à personne de nos secrets, hein? Pourquoi tu choisis pas une fenêtre près du pilote? Comment on dit « il va pleuvoir », en russe?

Le décollage de l'avion fut légèrement retardé, ce qui ne rassura d'aucune façon la voyageuse. Thalie insista pour qu'elle franchisse le contrôle de sécurité le plus tard possible, ce qui n'arrangea rien non plus. La responsable du stage se trouvait déjà du côté des départs et Daphnée, même si elle eut amplement le temps d'inspecter la cafétéria, la salle d'attente et les toilettes de l'aéroport, ne reconnut, avec suffisamment de certitude pour les aborder, aucun des étudiants qui devaient l'accompagner. Lorsque Thalie accepta enfin de lâcher la main de Daphnée, les adieux furent déchirants. La fillette pleurait et Daphnée, qui s'avançait vers le détecteur de métal, revint soudain sur ses pas pour lui souffler à l'oreille :

— *Dojd'*. Je m'en souviens, maintenant. En russe, la pluie, c'est *dojd'*.

Puis, un baiser.

Il plut. De façon intermittente d'abord, puis presque continuellement, les orages se succédant, parfois assez forts pour garder les gens enfermés chez eux et laisser présager une saison touristique catastrophique. Sans gardienne, Catherine ne sortait plus que pour faire les courses et travailler quelques heures à la librairie. Délaissant sa thèse et ses listes, elle se consacra plus fermement aux devoirs de sa fille et à ses examens de fin d'année. Thalie ne vit pas ce retournement d'un très bon œil, mais l'attribua à la grossesse.

— Excuse-moi, Thalie, je ne faisais pas attention. Qu'est-ce que tu disais ?

— Je disais que j'ai trouvé un travail.

Catherine sursauta.

— Mais chérie, tu es beaucoup trop petite pour travailler !

La fillette lui tendait une annonce découpée aux ciseaux et le formulaire à signer.

— J'aurai dix ans dans un mois, j'ai téléphoné, c'est juste pour les vacances, je me lèverai tous les matins, la pile de journaux sera en bas, neuf dollars et demi l'heure, plus les pourboires, regarde.

Catherine regarda.

— Et puis j'aurai qu'à mettre les journaux dans les entrées, pas besoin de grimper les escaliers, même pas fatigant ! En plus, ils fournissent un chariot si on veut. Je leur ai dit que je voulais, ce sera même pas lourd. Cathie, il faut que tu dises oui, dis oui, dis oui, dis oui.

Catherine, touchée par le ton enjôleur de Thalie, s'exclama qu'il ne devait exister nulle part ailleurs une petite fille aussi débrouillarde et vaillante que la sienne. Elle lut le formulaire d'autorisation parentale et sourit, avant de dire oui.

— Et tu vas faire quoi avec tout cet argent ?, demanda-t-elle en signant.

— C'est un secret, lança Thalie en filant vers sa chambre.

L'année scolaire s'acheva. Daphnée avait envoyé une carte postale de l'église de Saint-Basile et une autre du Kremlin illuminé la nuit, que Thalie colla sur le mur de sa chambre. Léa recevait son dernier traitement de chimiothérapie à l'hôpital. Catherine se lança dans un grand ménage de l'appartement, vidant les armoires et les placards « à cause de ses hormones », expliqua Thalie à Léa, forte de sa connaissance empirique des futures mères.

Pour Thalie, le monde se divisait maintenant en trois : B.O., Léa et ses clients. Toute à son nouvel emploi, elle n'avait pas le temps de lire le journal qu'elle distribuait, mais depuis que son père lui faisait signe presque chaque jour en première page, elle s'acquittait prestement de sa tâche avec la sensation réconfortante de passer un moment avec lui.

Se lever à cinq heures du matin. Descendre compter les cent soixante-trois journaux. Trier les piles. Vérifier les adresses. Sortir le chariot du sous-sol où il fallait le ranger après la tournée. Parcourir en zigzag les rues du quartier. Marcher exprès dans les rigoles d'eau. Se recoucher pour dormir jusqu'à midi avant d'aller voir Léa. L'été serait une aventure quotidienne et lucrative, puisqu'un premier chèque arriva enfin. Les filles le photographièrent avant de le déposer dans le compte où dormaient déjà les dix dollars offerts par Catherine pour souligner un bulletin rattrapé de justesse. Quand les vacances seraient finies, Thalie et Léa auraient peut-être mille dollars si elles arrivaient à convaincre les clients de la nécessité de laisser un pourboire. Alors, elles préparèrent un mot qu'elles imprimèrent en cent soixante-trois exemplaires pour que Thalie le distribue avec le journal du samedi: «SVP, oublié pas le pourboire de votre camelote.»

Le quartier s'offrait à Thalie comme un vaste terrain de jeu. Son trajet matinal se faisait en deux temps — d'abord vers l'est, puis vers l'ouest. Au moins la moitié des clients vivaient dans des immeubles de deux ou trois étages et c'était une bagatelle de laisser quatre et même six exemplaires du journal derrière la porte principale, d'un seul coup. Les autres avaient des entrées individuelles et Thalie estima que la livraison du journal aurait dû leur coûter plus cher. Son employeur ne donna pas suite à sa demande.

La rue des Tilleuls, qu'il fallait parcourir aller-retour pour un seul abonné, ne présentait aucun intérêt. C'était une rue d'autant plus ennuyeuse que l'unique client ne ramassait pas ses journaux, qui s'empilaient exactement là où ils avaient été laissés la veille. Persuadée que le logement était vide, que ses habitants l'avaient probablement déserté pour l'été, Thalie pensa qu'elle pourrait raccourcir son itinéraire de plusieurs minutes et rentabiliser ses matins en rayant simplement l'abonné de sa liste. Auparavant, elle frappa quand même à la porte du rez-de-chaussée. Pure politesse. Mais quand elle entendit bouger de l'autre côté de la porte, elle regretta son geste et songea à filer. Elle n'en eut pas le temps. Une vieille robe de chambre mauve entrouvrait déjà la porte.

— Mmmadame? S'cusez, c'est pour les journaux, bafouilla la fillette en désignant du doigt la pile qui congestionnait l'entrée.

La robe de chambre ouvrit un peu plus grand la porte et s'éloigna, avant de revenir avec une pièce d'un dollar. Thalie s'empressa de l'échanger contre le journal du jour et de ramasser les vieux exemplaires amoncelés sur le sol, pour les tendre à la dame. Tout sourire, elle salua sa nouvelle cliente chouchou.

— À demain!

— *Prego.*

Léa revenue chez elle pour de bon, les filles comptaient et recomptaient leurs sous, excitées par la perspective du voyage. Une fois surmontée la déception de découvrir que Washington n'était pas située sur l'Atlantique, comme elles l'avaient d'abord imaginé, elles décidèrent qu'elles apporteraient quand même leurs maillots puisqu'il y avait sûrement une piscine à la Maison-Blanche. Peut-être même que B.O. les emmènerait à Hawaï pour présenter Thalie à ses amis d'enfance. Elles s'admiraient devant le miroir en se trémoussant pour imiter les danseuses de hula.

L'organisation du périple présenta tout de même une série d'écueils. Il leur faudrait un passeport pour traverser la frontière et un laissez-passer pour entrer à la Maison-Blanche. Elles s'empressèrent de commander les formulaires. Il fallait avoir dix-huit ans pour acheter un billet de train ou d'autobus. Elles « empruntaient » la carte de crédit des parents de Léa et réserveraient par Internet. Mais voilà qu'elles s'avéraient aussi trop jeunes pour voyager seules, ce qui les poussa à évaluer les avantages de l'autostop. Elles en étaient là quand la garde-malade qui rendait visite à Léa, le mardi matin, leur apprit qu'une association organisait des voyages pour les enfants malades s'ils voulaient aller à Disney World, par exemple. Léa avait demandé si la Maison-Blanche était sur la liste des voyages organisés et l'infirmière avait dit : « Mais pourquoi pas ? » Trop trop cool ! Il ne leur restait plus qu'à trouver un adulte qui accepte de les parrainer. Un adulte qui ne soit évidemment pas un de leur parent.

— Facile ! exulta Thalie, en pensant à M^me^ Prego.

Le trajet matinal avait été promptement modifié de manière à se terminer, désormais, sur la rue des Tilleuls. Chaque matin, Thalie frappait à la porte du rez-de-chaussée et, chaque matin, la porte s'ouvrait. Quand il n'y eut plus de pièces dans le porte-monnaie de Francesca, celle-ci proposa à sa visiteuse un verre de lait au chocolat et de la brioche qui sortait du four. Le petit-déjeuner clôturant la livraison des journaux allait devenir le moment préféré de la tournée quotidienne de Thalie. Accoudée au comptoir, aussi à l'aise que si elle avait toujours habité là, elle parlait pour deux, pendant que Francesca allait et venait dans la cuisine.

— Toi, tu manges jamais ? C'est qui sur la photo ? Tu savais que les ours blancs ont la peau noire ? Tu vois le monsieur qui descend de l'avion avec le bras en l'air ? Si je te dis un secret, il faut que tu me jures de le dire à personne.

La vieille Italienne semblait apprécier l'agitation provoquée par cette enfant noire qui lui donnait envie de ressortir ses casseroles. Tellement, qu'elle la garda chaque jour un peu plus longtemps. C'est ainsi qu'un matin, Thalie vit entrer la dame de l'hôpital qu'elle ne reconnut pas tout de suite à cause de sa tenue débraillée et de son visage fané.

— La petite grand-mère lui a fait signe de s'asseoir, mais elle continuait à me regarder en marmonnant « a-iii-cha, a-iii-cha », d'une manière si bizarre que j'ai eu peur, expliquerait plus tard Thalie à Léa.

Sur le coup, Thalie voulut rentrer chez elle, mais Francesca s'empressa de lui proposer encore de la pâte de coings et de préparer du café pour Béatrice. La fillette resta silencieuse, incapable de cerner les intentions des deux adultes qui s'agitaient autour d'elle, et soudain consciente de se trouver chez des étrangères. Ce fut elle, pourtant, qui rompit la glace.

— C'est quoi, a-iii-cha ?

D'après les titres du journal, B.O. n'était pas souvent chez lui, mais Thalie, que les vacances d'été et la perspective de retrouver son père rendaient optimiste, restait confiante. Elle devint toutefois un peu nerveuse en constatant à quel point la grossesse transformait Catherine. Ses papiers n'encombraient plus la table de la cuisine et l'imprimante avait été rangée dans une armoire. Thalie pouvait dorénavant disposer de l'ordinateur à sa guise, ce qui, au lieu de lui faire plaisir comme l'avait espéré sa mère, la mit sur ses gardes.

— Et… ta thèse sur les immigrants ?

— Je la reprendrai plus tard.

Maintenant qu'elle va avoir un bébé garçon, elle a compris que les doctorats et les enfants, ça ne va pas ensemble, pensa Thalie en tripotant sa serviette. Elle essaya de répondre à sa mère et de mettre de l'ordre dans la confusion qui la submergeait, deux activités qu'elle trouva difficiles à mener en parallèle.

— Alors tu vas nous emmener en vacances à la mer ? Juste au moment où j'ai trouvé un travail ?

— Ne t'énerve pas, Thalie. Il n'est pas question de vacances à la mer.

— Mais tu avais promis !

— On verra pour les vacances. Pour l'instant, j'ai seulement besoin de te retrouver un peu.

— Ah oui ? Tu m'as même pas demandé qui je voulais inviter pour mon anniversaire !

— Tu vas inviter Léa, c'est sûr. Qui d'autre ? Tu veux inviter Daphnée, si elle est rentrée ?

— Tu sais même pas quand Daphnée revient et tu connais même pas mes amis ! Tu t'intéresses juste à tes propres affaires !

Catherine lui lança un regard glacial qui n'exigeait aucune réponse immédiate et Thalie n'ajouta rien. Mais elle ne termina pas son assiette, n'aida pas à débarrasser la table et ferma la porte de sa chambre pour téléphoner à Léa. Tard ce soir-là, avant de s'endormir, elle crut entendre sa mère pleurer. Elle enfonça les écouteurs de l'ordinateur dans ses oreilles et prépara ses invitations pour Léa, Daphnée, Francesca et Béatrice. « Dix ans, c'est grand ! » inscrivit-elle en grosses lettres rayées sur la première page de ses cartes.

Le lendemain était un jour férié, sans journal à distribuer, sans réveil à cinq heures du matin et sans petit-déjeuner chez Francesca. Il était déjà midi quand Thalie sortit de sa chambre avec l'intention de filer directement chez Léa. Persuadée que Catherine s'activerait à la cuisine ou au ménage, elle ne s'attendait pas à la trouver accoudée au comptoir et encore moins à ce qu'elle lui propose une activité en famille.

— Comme quoi ?

— Ce que tu voudras. On pourrait sortir de la ville. Aller cueillir des fraises et faire de la confiture. Qu'est-ce que tu en dis ?

— Il pleut.

— Le cinéma, alors ?

— J'ai pas envie.

— Et si je nous préparais une omelette avec beaucoup de fromage et qu'on écoutait la télévision tout l'après-midi ?

Pauvre maman qui croit encore aux omelettes, au fromage qui fait des fils et à la télévision, ne put s'empêcher de penser Thalie. Elle faillit lui dire sur-le-champ qu'elle savait tout de son secret et qu'il ne faudrait pas compter sur elle pour les couches sales. Qu'elle ne donnerait pas le biberon et qu'elle ne promènerait pas la poussette entre les rangées de l'épicerie. À la limite, elle était prête à laisser le nouveau garçon habiter dans sa chambre et la décorer comme il l'entendrait. Catherine allait quand même avoir une réaction. Une grosse réaction. Pourtant, elle n'aurait plus besoin de s'inquiéter. Thalie et son père lui enverraient de l'argent et des cadeaux de Noël. Peut-être même qu'ils l'inviteraient à Washington quand le bébé arrêterait de pleurer la nuit. En attendant, Catherine devrait se reposer si elle voulait finir son doctorat et son accouchement.

— Pourquoi tu t'occupes pas de ton bébé à la place ? roucoula-t-elle en fixant sa mère.

— Mais de quel bébé tu parles, Thalie ? C'est toi, mon bébé !

C'est alors seulement que Thalie remarqua le corps de Catherine, aussi longiligne que d'habitude. Le visage fin. La poitrine plate, moulée sous la camisole. Le vieux jean qui lui tombait encore sur les hanches. Et pas le plus petit renflement, là où un frère aurait dû se loger.

— Où tu l'as mis ? demanda-t-elle d'une petite voix.

Plus de quarante pensées nous traversent l'esprit chaque minute, mais lorsqu'il sort de chez lui pour la dernière fois, Matteo Jordi est loin du compte. Il va devenir papa et Cristiano Ronaldo est passé au Real Madrid. Ce sont les seules réflexions un peu consistantes qui l'occupent. Béatrice dort. Tout est éteint chez Francesca. Son cerveau se contente d'enregistrer. Il n'a aucune envie de se coucher et décide de suivre le trottoir. Il ne voit pas l'ombre des arbres qu'un vent discret fait trembler sous les lampadaires. L'air s'est rafraîchi et il se félicite d'avoir songé à prendre son écharpe, un souvenir de la Coupe du monde de 2006, dont il se sépare rarement. Ses étudiants plaisantent volontiers au sujet de son écharpe. À cette heure avancée de la nuit, ses étudiants doivent être au lit. L'agitation du vendredi soir s'est déjà bien atténuée. Il entend la sirène d'une ambulance s'éloigner et remarque le silence qui se pose mollement sur le quartier lorsqu'elle se tait. Il a toujours aimé ce quartier, le seul qu'il ait habité depuis qu'il a changé de continent.

Au carrefour, il prend spontanément la direction du parc, tourne à gauche et s'enfonce dans un petit sous-bois qui sent bon le feuillage. Il en est là. Un rôle de père qui l'effraie, mais qu'il est prêt à assumer, et les quatre-vingt-quatorze millions d'euros que Ronaldo a empochés pour changer d'équipe. Il resserre son écharpe verte et rouge, sur laquelle le mot *Italia* s'inscrit en grandes lettres blanches. La soirée d'anniversaire de Béatrice s'est plutôt bien déroulée, compte tenu des circonstances. Il respire l'odeur du printemps qui le ramène chaque année à la vie, après les hivers trop longs de ce pays. Il ne pense donc à rien de particulier. Surtout pas qu'il va mourir dans moins d'une demi-heure.

Beau parleur et beau tout court. Deux atouts qui servirent si bien Matteo durant cinquante-trois ans que peu de gens surent qu'il fréquentait l'angoisse et les déconvenues au même rythme qu'eux, parfois davantage. Jusqu'à l'âge de quatorze ans, pourtant, il est vrai qu'il empoigna la vie avec l'insouciance d'un bienheureux, sans même soupçonner qu'elle puisse le menacer de ses crocs. Les amis, le sport, les filles et la musique formaient alors un enclos rassurant au sein duquel filtraient peu d'éléments du monde extérieur. La médaille d'or à Pierfranco Vianelli et le dernier disque des Beatles, oui. Les hommes sur la Lune ou la montre à quartz, peut-être. Mais la politique, les grèves et les manifestations ? Jamais.

Un soir de décembre, Matteo fut chassé sans ménagement de l'enfance. La nuit hâtive tombait doucement sur Rome, éclairée par les guirlandes de lumière blanche qui décoraient les rues. Mirella Cardelli avait accepté de l'accompagner au cinéma le lendemain. L'air humide sentait la frangipane. Mirella-Mirella-Mirella. Il répétait son prénom en cherchant ce qu'il lui dirait dans le noir, quand leurs bras se frôleraient et qu'elle tournerait vers lui son cou fragile et son visage de porcelaine. Les copains l'avaient trop taquiné pour ne pas trahir leur dépit. Surtout Luigi. Mirella avait les plus grands yeux du collège et c'était sur lui, sur Matteo, qu'elle les avait posés. Il soupira d'aise en tenant son col fermé d'une main. Il demanderait de l'argent à son père. Il dirait qu'il avait un livre à acheter, ou une partition de piano. Ou bien il dirait franchement que c'était pour une fille, une très jolie fille. Rosario mettrait fièrement la main sur l'épaule de son fils, d'un air entendu, avant de lui tendre quelques billets.

En traversant le pont, Matteo s'arrêta pour jeter une pièce dans le Tibre et il fit un vœu.

En atteignant son immeuble, il fut tiré de sa rêverie par une effervescence qu'il n'imagina pas pouvoir provenir de chez lui. Il poussa la porte de leur appartement, constata que tout le quartier semblait s'y être réuni et il pensa que sa mère avait peut-être sollicité du renfort pour les préparatifs de Noël. Mais trop d'hommes traversaient le salon pour qu'il soit question de pâtisserie. Il accrocha son paletot à un cintre, enleva ses chaussures et se dirigea spontanément vers la cuisine. Ce furent ses derniers gestes d'enfant. Une voisine l'agrippa en sanglotant.

— Il y a eu un attentat. Ta mère est partie à Milan.

Tant de gens assistèrent à l'enterrement du père de Matteo que l'orphelin n'aperçut pas Mirella Cardelli qui vint, avec la foule et les photographes, donner une ampleur nationale au deuil familial. Francesca, qui garda ses larmes pour l'intimité de sa chambre, resta courageuse et droite aux côtés de son fils dont elle serra le bras pendant toute la cérémonie. Au moment des condoléances, des centaines de personnes défilèrent devant lui avec le même message, dont il ne tira aucun réconfort : ta mère n'a plus que toi, maintenant.

Comme l'indiqua le maigre héritage qu'il laissa derrière lui, Rosario n'avait pas prévu qu'il mourrait aussi tôt. Les Jordi durent déménager dans un logement plus sobre et vendre le piano. Francesca trouva du travail dans une *trattoria* pendant que Matteo changeait de collège, quittait l'équipe de foot, occupait de petits boulots chez les commerçants du quartier, après la classe, et croisait parfois Mirella Cardelli au bras d'un autre. Il détesta chaque année l'anniversaire de l'attentat, que des journalistes affamés s'acharnaient à rendre encore plus accablant.

Francesca aima trop Matteo pour qu'il lui en veuille de l'étouffer. Afin d'épargner sa mère, mais aussi pour narguer la mélancolie qui vécut avec eux pendant dix ans, il apprit très vite à faire du baratin. Francesca ne riait plus, elle ne riait jamais, mais son visage se détendait un peu et le contour de ses yeux sombres se plissait comme un papillon dès que son fils formulait un bon mot, récitait du Dante avec emphase ou imitait ses professeurs de littérature. Quant aux ragots que s'empressait de lui rapporter la voisine, Mme Morgoglione, sur l'inconduite de Matteo, elle refusa de les croire et se fit un plaisir de colporter, en retour, des considérations délirantes sur Mme Morgoglione. Francesca n'en démordrait jamais : Matteo était chaste, prudent et ancré pour toujours, sinon à leur quatrième étage sans ascenseur, du moins à un espace compris entre les frontières rassurantes de leur vieux quartier. C'est ainsi que leur existence put se dérouler à peu près normalement, jusqu'à ce que Matteo atteigne l'âge de se fabriquer un avenir. Jusqu'à ce qu'il brise le cœur de sa mère, lequel n'était déjà pas très solidement rafistolé.

De l'autre côté de l'Atlantique, où l'on fut plus sensible à son *curriculum vitæ* qu'en Italie, Matteo Jordi n'eut aucun mal à obtenir sa carte de résident permanent. Les universités et les femmes lui ouvrirent les bras, les premières parce qu'il arrivait en même temps qu'un besoin criant de professeurs et les secondes, parce qu'il arrivait en même temps qu'un besoin criant d'exotisme. Le pays, ses excès et sa nonchalance lui plurent. Il se composa un personnage joyeux et son charme latin fit le reste. Libre et léger de septembre à juillet, il passait le mois d'août à Rome, avec une valise remplie de cadeaux et une profusion d'anecdotes à raconter. Ce voyage annuel ainsi que les chèques qu'il envoyait régulièrement à Francesca l'absolvaient de sa faute, croyait-il, et ils ne lui semblèrent jamais un prix trop élevé à payer pour suivre le chemin qu'il était lui-même enfin parvenu à se dessiner.

La rencontre avec Béatrice survint alors que Matteo commençait à désespérer de ne plus se rappeler où il avait dormi la semaine précédente. Il se laissa d'abord séduire par la nouveauté d'une liaison qui dura plus d'un mois. Ce qu'il crut, au départ, n'être qu'une escale hors du célibat se prolongea et il fut le premier étonné de découvrir qu'il n'en souffrait pas. Quand la jeune réviseure solitaire déménagea chez lui, il pensa avoir trouvé un port d'attache. Aussi, rien ne lui sembla-t-il plus naturel, l'été suivant, que de débarquer à Rome avec Béatrice à son bras, ce qui dans son esprit équivalait presque à une demande en mariage.

La réaction de Francesca était d'autant plus prévisible que Matteo ne l'avertit qu'à la toute dernière minute de l'arrivée d'une étrangère chez elle. Mais ni Matteo ni Béatrice n'imaginèrent que l'affrontement se déroulerait à armes aussi inégales. Souveraine dans sa propre maison, Francesca ne fit aucun effort pour s'intéresser à la femme que lui présentait son fils. Elle se contenta d'ajouter une place à table et d'installer un lit de fortune dans le vestibule. Chaque été, son indifférence et sa mauvaise humeur furent inaltérables malgré les efforts de ses invités. Amoureuse, Béatrice se pliait de bonne grâce aux caprices de la *mamma*. Quant à Matteo, coincé entre les deux femmes, il redoublait de gentillesse à l'endroit de l'une et de l'autre avant de se défiler lorsque l'air s'électrifiait, non sans une certaine élégance qui lui permettait de se faire pardonner. Il embrassait Francesca dans le cou en lançant un clin d'œil affectueux à Béatrice, passait de l'italien au français, du français à l'italien, sortait acheter du pain, revenait les bras chargés de fleurs. Après la lourdeur de ces mois d'août, la possibilité d'une rupture se profila presque toujours à la même date. Mais de retour chez eux, Béatrice et Matteo s'efforçaient de mater la tension et de colmater les brèches. La vie finissait par reprendre son cours. Tout allait de nouveau au mieux.

Le premier coup arrive et Matteo, qui tombe face contre terre, n'a pas le temps de comprendre d'où lui vient la douleur qui lui troue le crâne. Les hommes l'ont attaqué par-derrière. Ils sont au moins deux, peut-être trois. Ils le frappent à plusieurs reprises avec un objet lourd, fouillent ses poches et lui arrachent son portefeuille, ses clés et l'enveloppe contenant la lettre écrite le matin pour Béatrice qu'il garde depuis, dans la poche avant de son veston. Ils poussent son corps dans une ravine et le recouvrent rapidement de mottes de terre, de branchages et de feuilles mortes.

Le mot « couple » se frayait à peine un chemin dans le vocabulaire de Matteo que Béatrice se mit à parler bébés, prénoms, layettes et chaises hautes. Matteo dansa sur un pied puis sur l'autre, sans ressentir d'allégresse. « Tu ne trouves pas que c'est un peu tôt ? » se contenta-t-il de demander faiblement, quand elle lui annonça qu'elle faisait enlever son stérilet. Après, il croisa les doigts et, pendant que Béatrice consultait des médecins, lisait des ouvrages spécialisés et pleurait quand arrivaient ses règles, il éprouvait un profond soulagement qu'il gardait pour lui. Le jour où le diagnostic tomba — elle ne pourrait pas avoir d'enfants —, il lui offrit des cadeaux à la mesure de la culpabilité qui le tenaillait. Elle crut qu'il avait autant de chagrin qu'elle. Il n'affirma rien qui put révéler le contraire. La nouvelle les rapprocha.

Les maux de dos qui avaient scié la colonne de Matteo pendant les deux années que dura l'effort de procréation de Béatrice s'atténuèrent miraculeusement. Il put se remettre au soccer un soir par semaine, parfois deux, avec les copains qui, comme lui, étaient arrivés au pays avec le culte du ballon rond dans leur valise. À l'université, où il régnait en prince sur le département de littérature et linguistique, il escalada les échelons à la vitesse du feu. Cette ascension lui attira quelques détracteurs. Mais les étudiants l'adoraient et la plupart de ses collègues ne parvenaient pas à le dénigrer, bien que le dénigrement fût l'un des principaux loisirs pratiqués par les professeurs de ce département. Matteo les faisait rire aux larmes, un type de larmes si rare dans les pavillons austères du campus qu'il lui ouvrit plus de portes qu'il ne pouvait en franchir.

Matteo crut la question de la paternité derrière lui une fois pour toutes lorsque Béatrice évoqua la possibilité de recourir à l'adoption internationale. Il commença par se renseigner avec elle et par l'écouter s'enthousiasmer, avant de l'accompagner à une séance d'information et même à un premier rendez-vous où ils répondirent ensemble, puis à tour de rôle, à cent questions indiscrètes. La démarche s'avéra compliquée et d'une lenteur que Béatrice ne comprit pas puisque c'est lui, Matteo, qui ne posta jamais leur demande officielle. Lorsqu'elle parla de tout reprendre à zéro, Matteo s'indigna d'un système qui ne fonctionnait pas et sauta à pieds joints sur chacune des informations qu'il put grappiller au sujet de la vente d'enfants, de passe-droits, d'abus, de magouilles et autres scandales liés à l'adoption, qui lui firent la fleur d'éclore au moment opportun. Décontenancée, Béatrice finit par lâcher prise. Matteo, soulagé, recommença à respirer.

Après s'être défilée sans grâce et lui avoir volé une partie de sa jeunesse, la chance agrippa fermement le destin de Matteo. Heureux en ménage et valorisé au travail, il ne se gêna pas pour affirmer qu'il était un homme comblé ne désirant pas changer une parcelle de son existence. Jusqu'au jour où son existence décida de changer d'elle-même.

Dans le couloir du département, il fonçait vers son bureau avec l'intention d'y prendre son cartable de notes pour filer ensuite vers son cours, sur le point de commencer. Pressé, il salua brièvement les gens qui l'apostrophèrent.

— Tu n'aurais pas une minute, Matteo ? lui lança la vice-rectrice en essayant de le retenir par la manche.

Il fit signe que non, impossible, pas maintenant, plus tard. Sa tête tournait un peu. Le repas avec Jacob et Pierre avait été un peu trop arrosé, mais leur discussion sur les déboires de l'équipe italienne de foot avait largement exigé deux bouteilles de chianti. Ses pensées voletaient entre le comité auquel la vice-rectrice allait probablement lui demander de participer, un arrêt de Gigi Buffon et les exemples les plus intéressants de jalousie chez Proust et Tolstoï, un cours qui passionnait toujours les étudiants et que, d'avance, il se faisait un plaisir de donner cet après-midi-là. L'esprit encombré, il ne remarqua pas tout de suite la jeune femme penchée sur un livre, qui attendait debout devant la porte de son bureau. Il commença par en être contrarié, le temps lui manquait et ce n'était vraiment pas le moment. Puis, comme il s'approchait en fouillant dans ses poches pour trouver sa clé, elle leva vers lui un cou fragile, un visage de porcelaine et les plus grands yeux du monde. Les trente-cinq années qui le séparaient de Mirella Cardelli s'effacèrent en une fraction de seconde. Quelquefois, les vœux se réalisent, songea-t-il, incrédule, en ne cherchant même plus à mettre la clé dans la serrure de la porte.

— Vous êtes monsieur Jordi ?

Elle refermait son livre, une anthologie de textes signés par des écrivains de la diaspora italienne, que Matteo avait préfacée dix ans plus tôt et qui ne fit date que dans son propre *curriculum vitæ*. Le département de sociologie lui avait fourni son nom. Elle voulait faire sa thèse de doctorat sur la différence, l'exil, Haïti, l'Italie, le Québec, le sujet n'était pas encore clair. Son ton de voix projetait une grande détermination.

— Je m'appelle Catherine Rancourt.

Il ne voulut pas serrer trop fort la main qu'elle lui tendait en souriant, ému par la finesse du poignet et désolé de ne pas avoir vingt ans de moins. Il lui donna rendez-vous après son cours et ce n'est qu'une fois dans l'amphithéâtre, où il arriva très en retard, qu'il réalisa que son cartable de notes était resté sur son bureau. Il dut improviser.

Qu'est-ce qui m'arrive? se demanda Matteo à trois heures du matin en regardant Béatrice dormir, le visage détendu et les poings fermés, comme si le sommeil la conduisait sur un ring mais qu'elle se sût néanmoins invincible. Il l'envia. Après s'être levé sans faire de bruit, il s'enferma dans la salle de bain pour essayer de lire. Ses maux de dos revenaient et il ne tenait pas la forme. La soirée avec leurs amis l'avait ennuyé et la perspective de vacances à six ne l'excitait plus, même s'ils préparaient ce voyage sur la Côte-Nord depuis des mois et dans la bonne humeur. Il se sentait aussi démuni que l'équipe italienne quand elle avait été éliminée dès le premier tour du Championnat d'Europe sans avoir pourtant connu de défaite. Il avait à nouveau quatorze ans depuis que cette jeune femme le taraudait en pleine nuit en jetant toutes ses certitudes par terre. C'était une période difficile. Il finit par avaler un comprimé avec un grand verre d'eau. En se recouchant, il se laissa aplatir par un rouleau compresseur et se réveilla, quelques heures plus tard, déjà fatigué.

Le trimestre s'acheva sans qu'il se soit passé grand-chose avec Catherine Rancourt, qu'il ne rencontra d'ailleurs que quelques fois, toujours rapidement parce qu'elle travaillait le jour et qu'elle avait une petite fille le soir. Il ne s'était pas passé grand-chose sinon qu'elle avait redressé la tête en riant quand il avait ressorti un de ses vieux jeux de mots sur la fougue sexuelle des Italiens en craignant, dès l'instant où la phrase était sortie toute seule de sa bouche, qu'elle ne le juge grivois alors qu'il essayait simplement d'être drôle à tout prix.

Un autre jour, elle s'était mise à bégayer quand il lui avait affirmé que son projet de thèse serait sûrement accepté par le comité du département. Le rose sur ses joues lui avait rappelé une peinture de Raphaël devant laquelle il était resté sans voix, des années auparavant, à Florence. À la fin de leur entretien, leurs mains s'étaient frôlées. Il lui tendait le numéro épuisé d'une revue dont il pensait que le contenu pourrait lui être utile. Il avait tout à coup eu très chaud parce que son bureau valsait autour de lui, mais quand il reprit le dessus, elle tournait les pages de la revue et le remerciait poliment.

Il ne s'était passé quelque chose que dans la tête de Matteo et c'est à partir de cette époque qu'il commença à se sentir à l'étroit dans son existence d'homme comblé.

Matteo ne meurt pas sur le coup. Il ne perd conscience que pendant quelques instants, le temps que ses agresseurs le dépouillent, fassent rouler son corps du pied, le recouvrent en hâte et partent en courant droit devant eux, téléguidés par l'adrénaline et peut-être un mélange de psychotropes. La douleur qui ligote Matteo est beaucoup plus forte que le glapissement rauque qui s'échappe de ses lèvres. Si forte, propulsée dans tant de directions à la fois qu'elle devient évanescente. Les cils englués de sang, il ne sait pas s'il a les yeux ouverts ou fermés et si le goût de vomi qu'il a dans la bouche indique que son estomac lui est vraiment remonté dans la gorge. Il ne parvient pas à donner un sens à la déflagration qui, au rythme saccadé de ses pulsations cardiaques, refuse de se taire dans ses oreilles. Guerre ? Tremblement de terre ? Tours jumelles ? C'est forcément quelque chose d'énorme qui vient de se produire. Il faut prévenir Béatrice.

Le voyage sur la Côte-Nord redonna des ailes à Matteo, qui cessa, le temps des vacances, de se torturer. J'aime Béatrice, constatait-il avec une sorte d'euphorie en l'écoutant rire de ses blagues et mordre à chacune des histoires de Jacob ou de Pierre, en la serrant de plus près sur la plage parce qu'il faisait froid ou en l'entendant ne pas s'énerver quand un pneu de leur voiture creva sur la route abîmée. « Je t'aime », lui murmurait-il le soir, dans les chambres étroites des auberges où ils avaient réservé. Pendant quinze jours, les prénoms de Mirella et de Catherine ne lui effleurèrent pas l'esprit et il revint en ville guéri. Pourtant, quand débuta le trimestre d'automne et bien que la direction de thèses n'occupât qu'une part congrue de son horaire professionnel, il eut à nouveau l'impression que sa vie gravitait autour de ses rares rendez-vous avec Catherine et qu'il se trouvait aussi loin du Soleil que Pluton.

Elle lui échappait, toujours ponctuelle, mais toujours également sur le point de repartir. Matteo ne parvenait pas à la retenir au-delà des soixante minutes qu'elle leur fixait et, quand elle refermait la porte, le laissant seul et désorienté, il humait ce qu'il restait de son parfum dans la pièce pour prolonger leur rencontre. Je suis beaucoup trop vieux, se répétait-il en songeant aux dangers que couraient les professeurs trop entreprenants avec leurs étudiantes. Il resta prudent, contint ses élans. Il réussit même à convaincre Béatrice de l'accompagner plus souvent hors de la ville et même du pays quand on l'invitait à participer à un colloque ou à un séminaire. Cela ne l'empêcha pas, un jour à l'heure du lunch, de s'abaisser à fouiller dans les dossiers du département pour glaner quelques informations supplémentaires sur Catherine qui éludait systématiquement les questions un peu personnelles. Penché sur le tiroir du classeur gris, guettant le retour des secrétaires, il eut honte, mais se réjouit de découvrir qu'ils habitaient le même quartier.

Chez lui, Matteo offrit plus régulièrement à Béatrice de faire les courses à sa place. En se rendant à l'épicerie, il tournait autour du HLM et de la librairie où travaillait Catherine. Il rentrait à la maison en ayant oublié le persil ou les pommes de terre.

Un mur de béton entourait la tour dans laquelle vivait Catherine et Matteo devait tendre le cou pour apercevoir la cour intérieure et les gens qui y circulaient. Il n'entendit pas les enfants courir derrière lui et il ne vit pas le poteau qui longeait le trottoir. Quand il rentra à la maison, non seulement il n'avait pas acheté de quoi préparer le potage à la courge, mais sa joue saignait encore. Il n'en garderait qu'une petite cicatrice qui lui rappellerait, chaque matin quand il se rasait devant le miroir, que la vie est un jeu dangereux.

Catherine était une bonne élève, studieuse et appliquée, mais sans plus. Sa singulière beauté ne semblait pas frapper les collègues de Matteo qui, pourtant, se gênaient rarement pour commenter l'arrondi d'un mollet ou d'une fesse, comme s'ils participaient à une foire agricole. Étrangement, la jeune femme passait plutôt inaperçue, dans les couloirs aussi bien qu'en classe, et Matteo dut défendre son dossier avec une certaine fougue pour que la direction accorde son imprimatur à son projet de doctorat.

Elle s'inscrivit à l'un des séminaires de Matteo qu'il donna le soir, pour l'accommoder. Littératures nationales et influences étrangères. Il traversa ce nouveau trimestre en homme neuf, énergique et performant, et il se surpassa avec ce petit groupe du troisième cycle auquel il accorda plus de temps qu'à beaucoup d'autres. Il lui arriva d'espérer que Catherine lui propose de le ramener en voiture après le cours. Mais il poussait généralement un soupir de soulagement en levant la tête sur la classe terminée et en constatant qu'elle était encore la première à s'être éclipsée. Le dernier soir, comme le voulait la tradition, il invita tous les élèves à prendre un verre au bistrot du campus. Il les écouta accepter en chœur et jubila. Puis, Catherine s'excusa en expliquant qu'elle devait rentrer pour sa fille. Plus contrarié qu'il ne l'aurait imaginé, il ne but que la moitié de sa bière et ne s'attarda pas longtemps auprès des étudiants qui lui reprochèrent de partir alors que la soirée ne faisait que commencer.

Le séminaire valut un B à Catherine, mais ne rapporta rien à Matteo. Quelques messages électroniques banals et une rencontre impromptue à la cafétéria, qui le prit de court et faillit lui faire renverser le plateau vide qu'il rapportait au comptoir, éteignirent ses dernières illusions. Elle ne lui exprimait pas davantage d'intérêt qu'au reste de la communauté universitaire, ne lui offrait pas plus de sourires qu'aux autres professeurs, ne lui manifestait aucune prévenance particulière. À la cafétéria, c'est tout juste si elle avait pris le temps de le saluer. Toujours expéditive et indisponible. De mauvaise grâce, il cessa de la chercher des yeux et ne fréquenta plus la cafétéria. De toute façon, il ne la croisait plus dans les couloirs du département. Catherine suivait d'autres cours avec d'autres professeurs dans d'autres pavillons.

Au mois d'août, à Rome, Matteo croisa Luigi par hasard au marché et, mine de rien, s'enquit auprès de lui de ce qu'il était advenu de Mirella Cardelli. Son ancien camarade de classe l'ignorait, mais elle n'était sûrement pas entrée au couvent, ha !-ha !-ha !-et-toi-Matteo-*tutto-va-bene*? Le soir même, Matteo cherchait le nom de Mirella dans l'annuaire téléphonique, mais il attendit quelques jours, que Francesca sorte, avant d'oser composer le numéro. À la deuxième sonnerie, une voix de jeune fille pulvérisa son audace et il raccrocha en vitesse. Quand il eut retrouvé son souffle, il appela Béatrice pour lui raconter qu'il faisait trop chaud, que Francesca était chez le coiffeur et qu'il avait hâte de rentrer.

Matteo sentit qu'il perdait pied. En rentrant de voyage, il confia son désarroi à Jacob, sans prononcer de prénoms ni même évoquer l'existence d'une autre femme que Béatrice. Il se contenta de dresser un tableau impressionniste et compliqué de son angoisse.

— Ah, la cinquantaine, se poser des questions et ne pas trouver de réponses ! Rien de plus normal. Relaxe, mon vieux, relaxe !

Cet automne-là, Matteo relaxa davantage à l'université que chez lui, quoique la confiance aveugle que lui accordait Béatrice lui simplifiât les choses. Pendant des mois, malgré le soin qu'il mit à ne même pas s'imaginer sautant la clôture, il resta sur ses gardes et pensa souvent qu'elle devinerait son trouble, qu'elle ne tarderait pas à remettre en cause une absence qu'il annonçait avec une assurance feinte, le cœur battant. Je rentrerai tard à cause de. Elle y croyait. Il faut que je. Elle acquiesçait. Ne m'attends pas pour. Elle comprenait. Il n'y avait jamais la moindre trace de reproche dans la voix de Béatrice et il lui arriva de la détester pour ça.

Dire à Béa de ne pas s'inquiéter. Dire à Béa de lire la lettre. À plat ventre, la joue et l'oreille gauches collées à la terre dure que son sang réchauffe, les jambes repliées sous lui, Matteo cherche à remuer un bras pour saisir l'enveloppe qu'il a glissée ce matin dans une des poches de son veston. Plutôt que le bras, l'avant-bras ou même la main, c'est un doigt qui remue. L'index ou le majeur, il n'en est pas certain. Un doigt éloigné de lui, presque étranger. Le doigt de quelqu'un d'autre, dont le minuscule mouvement sur la terre compacte, pourtant, l'apaise. Les secours vont arriver et quand Béa lira la lettre, tout ira bien.

L'année de ses cinquante et un ans, Matteo prit Rome en horreur pour la première fois, son fouillis, sa poussière, ses touristes et l'idée que sa mère vieillissante puisse mourir loin de lui. Dans la petite cuisine de son enfance, en faisant semblant de lire le journal, il observait Francesca qui s'activait, le dos un peu voûté, la taille encore visible serrée dans le tablier à fleurs jaunes qu'il lui avait toujours connu. Comme autrefois, le bruit des casseroles recouvrait la rumeur urbaine qui entrait par la fenêtre. Jamais de téléphone qui sonnait, chez Francesca. Jamais de musique à la radio ou sur la vieille chaîne hi-fi, depuis que Rosario avait cessé de la faire danser au son de *Romantica volare* ou d'une sérénade de Mario Lanza. Jamais de sortie impromptue pour lui faire quitter un moment l'exil dans lequel elle se retranchait depuis quarante ans.

Une mèche grise tomba lâchement du chignon de Francesca et Matteo la regarda dégringoler, obnubilé par la solitude abyssale de sa mère. D'un bond, il quitta sa chaise pour aller l'embrasser. Pendant qu'elle continuait à fouetter sa béchamel, il lui proposa de venir vivre avec lui, rue des Tilleuls. À brûle-pourpoint, sans réfléchir. L'idée l'avait traversé au moment où il l'émettait. Certain que Francesca regimberait, il fut surpris de constater qu'elle eut l'air d'hésiter, mais ne mit pas plus de dix secondes à accepter. Il courut acheter du champagne pour célébrer la nouvelle.

Au cours des douze jours qu'il restait à son séjour italien, il fut collé à l'ordinateur et au téléphone, essayant de désembrouiller les nombreuses formalités administratives qui attendaient sa mère. Quand il appelait Béatrice, le soir, il ne trouvait rien de particulier à lui dire et la laissait bavarder sans broncher. Il lui annoncerait la nouvelle au retour. Rien ne pressait et il avait enfin, désormais, de quoi s'occuper l'esprit.

Durant toute une année, Matteo se laissa accaparer par un emploi du temps et une routine qui tinrent son obsession pour Catherine à bonne distance. Rarement, cependant, parvenait-il à retrouver le goût des bonheurs faciles et il dormait mal depuis l'emménagement de Francesca au rez-de-chaussée.

Le bistrot, toujours bruyant à l'heure du lunch, s'était rempli en cinq minutes et la table choisie par Jacob, qui donnait sur les portes battantes de la cuisine, s'entourait maintenant d'un insupportable va-et-vient.

— Relaxe, mon vieux, relaxe !

C'est encore une fois tout ce que trouvait à dire Jacob, et Matteo regretta de s'être ouvert à lui au sujet de Béatrice et de Francesca. Un iceberg s'était installé dans son immeuble et les deux femmes, raisonnables quand chacune se trouvait seule avec lui, restaient incapables d'entendre mentionner jusqu'au prénom de l'autre. Deux statues de marbre, dès qu'une obligation les réunissait. Polies, mais sans plus. Un jeu de sous-entendus et de regards en coin. Des conversations décousues en français et en italien. Une muraille de mauvaise volonté, de part et d'autre. Et lui, au milieu, arbitrant la joute. Son pied, pris de tremblements, fit vibrer la table.

Jacob changea pourtant de sujet. Comme si les difficultés éprouvées par Matteo depuis l'arrivée de sa mère comptaient pour du beurre. Matteo l'écouta distraitement évoquer, pour la énième fois, l'intérêt d'écrire ensemble un livre sur le foot et la littérature.

Montherlant, Camus, Giraudoux. Les dadas habituels de Jacob dont la carrière à l'université stagnait depuis des années, sans aucune perspective d'élévation, mais qui rêvait encore d'une nomination au firmament des professeurs émérites. Matteo regarda sa montre et prétexta un rendez-vous qu'il était sur le point d'oublier pour s'éclipser avant le dessert.

Une fois dehors, il prit la direction du parc plutôt que celle de l'université. Enfilant au hasard les sentiers de terre, il ne s'attarda pas à l'automne qui avait envahi les arbres. Peut-être, après tout, que Jacob avait raison. Il fallait ignorer les humeurs de l'une et de l'autre. Cesser de vouloir tout arranger. Il commençait à se sentir un peu mieux quand, près de la fontaine, il crut reconnaître Catherine, assise sur un banc, qui lisait en mangeant une pomme. Elle leva la tête au même moment et, l'apercevant, lui fit signe.

La conversation s'engagea sur un ton chaleureux, comme s'ils se retrouvaient après une brève absence. Quand, un peu plus tard, ils se dirigèrent ensemble vers le stationnement de l'université où Catherine avait garé sa voiture, les sujets de bavardage s'enchaînaient avec naturel. Tandis qu'elle se retournait pour mettre sa clé dans la portière, il prit le temps d'admirer ses épaules, son dos, sa taille. Il n'osa pas descendre plus bas que l'élastique rose pâle du sous-vêtement qui dépassait un peu du jean. Puis, contre toute attente, elle proposa de le ramener chez lui en penchant vers lui son cou fragile.

Un feu d'artifice éclata dans la tête de Matteo.

Réfléchissant à folle allure, il lui demanda de l'attendre, le temps de passer un coup de fil urgent. Il gravit les escaliers de son pavillon, deux marches à la fois parce que c'était plus rapide que l'ascenseur. Quelle chance, quel cadeau, quelle surprise ! Depuis trois ans qu'il l'espérait ! Catherine accepterait de monter chez lui, il trouverait les mots, il lui offrirait un expresso, elle préférerait peut-être du vin ? Non, il était trop tôt pour le vin, restait-il du café ? Bon, il fallait d'abord se calmer. Se calmer.

Il fallait surtout s'assurer que Béatrice soit au travail. Elle y était. Haletant et nerveux, Matteo lui raconta le repas avec Jacob, la salade d'endives, le bistrot bondé, le projet de livre. Des informations sans importance. C'est Béatrice qui raccrocha la première.

Ces deux trimestres furent parmi les plus occupés de la vie de Matteo Jordi. Comment Béatrice aurait-elle perçu le séisme qui secouait son couple alors que Matteo avançait à ses côtés, compartimenté, mais aussi prévenant qu'avant ? Leurs habitudes ne changèrent pas. Elle s'esquintait encore dix heures par jour sur ses catalogues et, le samedi, elle cuisinait encore avec lui pour les copains, le poussait encore à essayer de nouvelles recettes, de nouveaux vins, à sortir sa guitare. Il s'exécutait. Au-dessus de la table, elle discutait encore avec fougue et, sous la nappe, il lui faisait encore du genou. Câline, elle le regardait encore avec cet air candide qui lui enfonçait le remords dans la gorge et l'empêchait de songer à la quitter.

La situation n'évolua pas avec Francesca, mais tout le monde sembla s'y acclimater. Matteo donna raison à Béatrice quand elle affirma que sa mère se plaignait beaucoup. Du climat, surtout, mais aussi des trottoirs mal déneigés, des gens trop pressés, des magasins toujours ouverts, des églises toujours fermées et de ce qu'elle trouvait ou ne trouvait pas sur les étagères des épiceries. Le vin était fade et jeune, les rues, fades et larges, le pain, fade et blanc, les dollars, affreusement compliqués. Elle refusait de boire l'eau du robinet, ne sortait que pour faire des courses et tempêtait pour un rien. Comment pouvait-il vivre dans un pays qui vendait du prosciutto préemballé et des œufs vieux de trois semaines ? Un temps, il craignit qu'elle ne soit venue vivre près de lui que pour le convaincre de rentrer *chez eux*. Mais le jour où il la trouva collée à la télévision, le priant de ne pas l'interrompre pendant son programme, il sut qu'elle ne repartirait pas. Il se partagea donc entre sa mère et sa conjointe, avec d'autant plus d'ardeur que Béatrice s'était habituée à le voir s'absenter, en tenant pour acquis qu'il descendait au rez-de-chaussée.

Sa relation avec Catherine ne fut ni aussi compliquée, ni aussi tumultueuse qu'il l'aurait imaginée. Ils se fixèrent des rendez-vous obligés pour la thèse et d'autres, peu nombreux mais auquel il se préparait avec impatience, pour la parenthèse. Une seule fois, la thèse et la parenthèse se croisèrent quand Matteo sortit une bouteille de vin, des verres et des sandwichs de sa serviette et désencombra son bureau pour la surprendre. Elle résista un peu, suffisamment pour qu'il n'ose pas récidiver. C'était elle qui décidait. Il s'en contentait. Il se serait contenté de moins, déjà ébloui de pouvoir s'offrir un tel petit bonheur la chance, à l'âge où plusieurs de ses collègues remplaçaient leur désir par un abonnement au club de golf. Bien qu'il continuât à ne presque rien savoir de Catherine, rien en tout cas qu'elle lui confiât d'elle-même, la jeune femme le gardait en alerte et cette tension l'exaltait. De jour, de nuit, à l'université, chez lui, dans le parc qu'il arpentait plus souvent que de coutume parce que c'est là qu'il avait le plus de chance de la croiser, et même en Arizona où il passa tout un mois loin d'elle, Matteo se sentit chaque jour excessivement inquiet et prodigieusement vivant.

Ces deux trimestres furent parmi les plus occupés et les plus tourmentés de la vie de Matteo, si fiévreux qu'il ne fit aucun cas du licenciement du capitaine de l'équipe de Rome, à deux jours du championnat, alors que l'AS Roma avait toutes les chances de remporter la coupe. Puis, un matin où rien pourtant n'annonçait de revirement, la voix de Catherine dans sa boîte vocale. Elle ne poursuivrait pas son doctorat et, conséquemment, ne voyait pas la nécessité qu'ils se revoient. Merci et bonne chance.

Une pluie fine, atomisée, pénètre dans le sous-bois et se pose sur le monticule tout frais qui recouvre le corps de Matteo. Il ne reste qu'une faible présence sous la rosée, la terre meuble, les branchages et les feuilles mortes. La respiration de Matteo est irrégulière, comme son pouls, comme le flux de sang que déversent de plus en plus lentement ses blessures. Seul l'index ou le majeur bouge, mû par la conviction que c'est tout le corps qui s'agite, les deux bras qui crient à l'aide, avertissent les passants.

Les minutes s'égrainent et le cerveau de Matteo, déjà trop désorganisé pour raisonner, croit que ce sont des heures. Sa vie ne défile pas sous ses yeux. Elle s'éteint à pas comptés, une cellule à la fois. Des éclats décousus, intenses, le traversent pourtant. Il entend la voix de son père, se souvient d'un vers de Salvatore Quasimodo. Il surveille les tirs au but italiens, à Berlin, et plane au-dessus du Grand Canyon. Les sensations se mélangent, le reflet de la lune sur l'eau, un accord de guitare, l'odeur du lilas. Un cou fragile. Pendant toutes ces années, il n'a rien fait d'autre. Essayer de cueillir un peu de lumière, de temps en temps.

Après que Catherine eut mis fin à leur liaison, Matteo dut faire un effort surhumain pour donner le change. Rien ne l'intéressa et c'est dans un état semi-végétatif qu'il faillit oublier l'anniversaire de Béatrice. Installé devant l'ordinateur de l'appartement, il lisait distraitement le courriel de Daphnée lui annonçant qu'elle partait le lendemain pour Moscou et il buta sur la date. Le 12 juin évoquait bien quelque chose, mais il dut faire un effort pour voir poindre l'anniversaire, et un autre encore pour calculer l'âge qu'aurait Béatrice. Il blêmit en songeant à la grande fête organisée pour ses cinquante ans à lui, le secret gardé par Béatrice qui avait téléphoné aux uns et aux autres, réservé un chalet à la campagne, cuisiné dans son dos. Sans parler du billet pour la finale de la Coupe du monde où, debout avec Béatrice et soixante-douze mille inconnus dans le stade de Berlin, il avait perdu la voix à force de hurler sa joie devant la victoire italienne. Un moment grandiose, inoubliable. Même s'il s'était préparé avec dix ans d'avance pour les quarante ans de Béatrice, il lui était impossible de rivaliser avec un tel anniversaire. Alors, à vingt-quatre heures d'avis...

Sans entrain, il téléphona à Jacob, puis à Pierre, réserva une petite salle privée dans un restaurant et souhaita qu'une illumination lui permette de trouver un cadeau digne de ce nom. Il négligea de répondre au courriel de Daphnée.

Dans les boutiques de vêtements où il s'étourdit à soupeser les cintres et à demander l'avis des vendeuses, tout était ordinaire ou ronflant. Il traîna sa frustration dans les bijouteries et les parfumeries, guère plus originales, avant de parcourir les allées des disquaires et des libraires, dix titres à la fois, sans rien acheter. Il ne rapporta à la maison que sa mauvaise humeur. Pendant le souper, il but plus que d'habitude et s'engagea dans une discussion en spirale avec Béatrice qui se termina, comme c'était presque toujours le cas quand ils se disputaient, sur le fait qu'elle devrait voir du monde, sortir davantage, ne pas l'enchaîner. Les arguments lui venaient à la pelletée, gorgés d'une rancune qu'il lui lançait en rafales. Elle se défendait avec acharnement en agitant les mains, la voix trop haut perchée. Mais quand il l'entendit aborder la question de l'enfant qu'ils n'avaient jamais adopté et, voyant qu'elle était sur le point de pleurer, il baissa les armes et proposa qu'ils aillent se coucher.

Ce fut une mauvaise nuit qu'ils essayèrent de rattraper au lit, sans conviction. Béatrice finit par s'endormir, mais pas Matteo. Vers quatre heures du matin, il avait réfléchi et sa décision était prise. À quarante ans, Béatrice pouvait encore être la mère qu'il n'avait pas voulu qu'elle soit et lui, à cinquante-trois, pouvait encore se racheter. Ils iraient en Chine, en Haïti, au Chili. Un petit garçon, une petite fille, peu importait. Il lui offrirait leur enfant dans une longue lettre d'amour, lui qui n'écrivait pas de longues lettres d'amour. Il ferait de son mieux pour être un papa potable. Ce serait le plus bel anniversaire de la vie de Béatrice, un anniversaire significatif qu'ils se remémoreraient encore dans trente ans, la voix chevrotante et la larme à l'œil.

Euphorique et fébrile, il se leva avec l'aube.

Le matin du dernier jour de sa vie, Matteo avait peu dormi. Il s'activa malgré tout avec l'énergie d'un adolescent pour que Béatrice se réveille gâtée. Les croissants, le café au lait, un bouquet de myosotis cueilli dans la cour. Elle ouvrit les yeux sur une cargaison de petites attentions qui la firent sourire.

— Ce soir, je t'emmène au restaurant et, après… Surprise ! lui glissa-t-il en l'embrassant quand elle partit au travail.

Il passa le reste de la matinée à l'université, dans la tranquillité de son bureau, penché sur une liasse de feuilles blanches qu'il noircissait, avant de les chiffonner et de recommencer. Toute sa vie avait été facilitée par le fait qu'il maniait les langues avec dextérité et qu'il savait persuader, doser son érudition, jouer les pince-sans-rire. Les mots avaient toujours été ses alliés. Il constatait pourtant que la sincérité ne lui venait pas naturellement et cela l'exaspéra. Ses yeux tombèrent sur l'étui de sa guitare, posé contre les classeurs, et il pensa que s'il trouvait d'abord une mélodie, le reste suivrait peut-être. Il n'avait pas tout à fait tort puisque, après quelques accords, il put reprendre son stylo. C'est en cherchant le dictionnaire, au milieu du fouillis qui l'entourait, qu'il tomba sur l'enveloppe matelassée de Daphnée, oubliée là des semaines plus tôt. *Oddio !*

L'enveloppe contenait un manuscrit dont le titre, *L'abattage des éléphants,* le déstabilisa. Sur la première page, une dédicace : « À Matteo Jordi. » Il la fixa un moment avant de passer à la feuille suivante, inquiet. Puis il lut, sans s'arrêter. Les poèmes couraient comme des assoiffés vers un ruisseau. Des mots pleins de solitude couvraient les pages d'un souffle forcené. Des mots qui marchaient dans le noir et que Daphnée n'avait sans doute encore laissés s'échapper pour personne. Des mots fatigués, mais qui rayonnaient d'un élan majestueux, comme une brûlure. Quand il eut atteint le dernier vers, il fixa à nouveau le titre, bouleversé. Il ne termina pas tout de suite sa lettre d'amour à Béatrice. Il rédigea d'abord un long courriel à Daphnée et pleura.

Le soir du dernier jour de sa vie, Matteo avait eu le temps de se ressaisir. Au restaurant, il promena la conversation d'un petit sujet au suivant, avec une bonne humeur convaincante. Les trois couples se fréquentaient depuis assez longtemps pour qu'une simple allusion suffise à déclencher l'hilarité. Ils formaient une joyeuse assemblée, ce soir-là soudée autour d'une Béatrice rayonnante. Les assiettes japonaises étaient remarquables et le saké, raffiné.

Ils chahutèrent un peu avant de rentrer en deux taxis. Celui de Matteo et Béatrice résonnait un peu trop fort d'une musique tropicale qui prolongea la fête. Ils aperçurent Francesca qui surveillait leur arrivée derrière le store et n'en firent pas de cas. Dans l'escalier qui menait à leur étage, Béatrice annonça qu'elle avait envie de prendre un bain. Matteo dit qu'il en profiterait pour écouter la fin du match.

Le match était terminé et il n'y avait pas moyen d'en connaître le résultat à la télévision. Après avoir zappé aller-retour plusieurs fois, Matteo ferma le poste pour se rabattre sur l'ordinateur. Trois à deux. Excellent ! Puis, cette nouvelle du transfert de Cristiano Ronaldo au Real Madrid, si ahurissante qu'il lui fallut chercher des réactions, visionner différentes versions de la déclaration du footballeur et relire les communiqués. Si bien qu'il n'entendit pas la baignoire de Béatrice se vider. Le temps qu'il en sache assez, éteigne tout et arrive dans la chambre, sa lettre à la main, Béatrice dormait. Il remit l'enveloppe dans sa poche. Surexcité, il ne put se résoudre à se coucher. Il hésita entre se servir un verre de vin et débarrasser la vaisselle qui traînait sur le comptoir. Au final, il attrapa plutôt son écharpe et sortit de l'appartement sur la pointe des pieds. Aucune lumière ne filtrait chez sa mère. Il poussa la porte extérieure, le cœur léger, presque heureux. Un optimisme nouveau l'accompagnait.

Moins d'une demi-heure plus tard, la nuit entrait dans les yeux scellés de Matteo dont la dernière pensée, imprécise et fuyante, fut pour un enfant de trois ou quatre ans à qui il enseignerait à taper dans un ballon.

Les mouches sont des animaux mal-aimés, c'est pourquoi j'en ai laissé une s'installer chez moi. Nous vivions maintenant à quatre, l'absence de Matteo, la mouche, Aisha et moi. Le moins qu'on puisse dire, c'est que nous étions bien assorties. L'absence de Matteo, après presque un mois, commençait à devenir une sale habitude. La mouche ne tiendrait pas tellement longtemps, vu son espérance de vie. Aisha était déjà morte et moi, inopérante. Depuis que Tréma inc. m'avait mise de côté, je maniais avec brio l'art de faire tourner les minutes à vide. Sans horaire, je me couchais tard, dormant à peine, tirée du sommeil par le bourdonnement de ma nouvelle locataire ou par des cauchemars dont il ne restait qu'un brouillard désagréable quand j'ouvrais les yeux. Aisha et moi arrivions soulagées à la fin de la nuit en nous disant : c'est samedi, il pleut. Ou bien, c'est jeudi, il pleut. Tout de suite après : tenons-nous prêtes, il va peut-être passer aujourd'hui. Il ne passait pas.

Les fenêtres ouvertes laissaient entrer le vacarme des averses, mais aussi un mélange de glas, de camions qui reculent et de pleurs d'enfants que je n'avais pas remarqués les étés précédents. Quelquefois, quand le voisinage se tenait enfin tranquille, la porte d'entrée s'ouvrait, un pas alerte grimpait l'escalier, deux marches à la fois, et un trousseau de clés atterrissait sur l'étagère. Une voix m'appelait et une main ouvrait la porte du frigidaire pour regarder ce qu'on pourrait manger. J'entendais fouiller dans le tiroir de la cuisine où se trouvait le tire-bouchon.

Parfois, le téléphone. Je l'écoutais sonner sans bouger, avant de me ruer sur le répondeur. Le bureau n'appelait plus, mais Matteo avait un rendez-vous chez le dentiste. Lou téléphonait de son chalet pour prendre des nouvelles. La banque brandissait ses taux incertains et nous remémorait la date de péremption de l'hypothèque. Sinon, pas le plus petit indice susceptible de me conduire vers qui je savais. *Ciao !* (Silence.) Je t'aime. Je continuais à effacer le reste.

Comme moi, le monde ne se sentait pas très bien. Je ne lisais plus le journal et je n'écoutais plus les nouvelles parce que fabriquer du surplus ne s'avérait peut-être pas indispensable. La meilleure façon d'éviter l'angoisse consiste, paraît-il, à s'absorber dans une occupation qui mobilise l'attention. Dans cette optique, j'organisais mes journées autour de menues activités qui n'exigeaient pas de grandes remises en question. Astiquage de l'appartement. Étude anatomique de la mouche. Pression de la belle-mère. Au besoin, faire les courses et affronter le visage fermé de Francesca au retour. Vider les sacs d'épicerie sur le comptoir et lui déballer la viande et les légumes comme si l'Organisation mondiale de la santé les avait choisis pour elle. M'asseoir une heure à ses côtés devant les vendeurs de pacotille. Faire semblant de m'intéresser à un défroisseur professionnel à vapeur, ou à une housse de rangement sous vide. Ce n'était pas la mer à boire. Après, je pouvais retourner me coucher.

Absorbée par l'inutile, j'étais à peu près certaine de m'en tirer à bon compte. Plusieurs journées ont même réussi à s'écouler sans qu'une seule pensée négative ne s'installe durablement dans mon cerveau. J'arrivais à les regarder passer. J'ai le souvenir d'une succession d'heures à la dérive, durant lesquelles la vie, celle qui m'était autrefois familière, se déroulait à mon insu. Une partie de moi restait alerte tandis que l'autre vacillait. Avec tous les mirages qui couraient dans ma tête et dans mes oreilles, je ne pouvais plus jurer de rien. Au lever du jour, par exemple, quand je soulevais le rideau, j'apercevais Aisha qui entrait dans notre immeuble et n'en ressortait pas. Les enfants noires sont aussi rares que les cols bleus, dans ma rue. Pourtant la vision revenait. Un matin. Le lendemain. Le surlendemain. Pour en avoir le cœur net, j'ai fini par dévaler l'escalier en vitesse et, évidemment, elle n'était nulle part en vue. Alors je suis entrée chez Francesca pour vaquer à l'ordinaire et passer à autre chose.

Sans le faire exprès, je lui ai fait peur. J'avançais vers la cuisine, les synapses éteintes, en n'attendant pas grand-chose de mes activités d'aide soignante. J'ai ramassé le tensiomètre, le carnet et le stylo. Puis, j'ai levé la tête. C'est à ce moment-là que je l'ai aperçue. Aisha croquait dans une brioche, assise sur un tabouret, un bol de lait au chocolat devant elle, comme si tout allait de soi. Francesca ressemblait à une Italienne normale, en bonne santé, qui veille amoureusement sur la smala. Jusqu'où peut porter le cri d'une âme ? Ou bien Dieu existe, ou bien je suis folle, ai-je eu le temps de me dire. J'ai opté pour

Dieu. J'avais rêvé. Matteo n'était jamais parti, je ne vivais pas dans un monde où les hommes lapident les adolescentes violées, Daphnée Sanschagrin n'était jamais entrée chez moi pour y déposer sa petite culotte, Francesca ne s'était pas fait opérer, Feng Shui ne s'était pas débarrassé de moi, Aisha n'était pas morte et j'étais heureuse, béate, immensément soulagée. J'ai voulu la prendre dans mes bras en hurlant de joie : « Je le savais, je le savais ! » J'ai voulu la couvrir de baisers, lui rendre au centuple le miracle qu'elle m'offrait *in extremis.* Mais Francesca m'en a empêchée. La petite avait l'air terrifiée et j'ai compris que Dieu n'y était pour rien. Finalement, j'étais peut-être folle.

Mon père passait de longs moments dans la salle de bain, le matin, à gominer des mèches de cheveux qu'il gardait suffisamment longues pour camoufler la calvitie qui assiégea son crâne au tournant de la trentaine. Je l'entendais siffloter des chansons de Dalida derrière la porte. Quand il l'ouvrait pour me céder enfin la place, sa barbe ne piquait plus et il sentait bon l'eau de Cologne, mais on avait l'impression qu'une kippa de poils luisants s'était posée de travers sur sa tête. Il avait l'air d'un clown et je tremblais que d'autres ne lui en fassent la remarque durant la journée. Pourtant, quand nous nous croisions sur le seuil de la salle de bain, qu'il poussait fièrement la porte en m'offrant un clin d'œil, mon cœur balançait entre la vénération et la honte.

Chez nous, pas le plus petit morceau de famille dysfonctionnelle qui m'aurait fait disjoncter, même pas pendant un quart d'heure. Pas de cris, pas de crises. J'ai moi-même participé à cette harmonie intergénérationnelle en n'ayant aucun bouton d'acné sur la figure pendant l'adolescence. Je rapportais des bulletins impeccables et des trophées de volley-ball qui dorment aujourd'hui dans un dépotoir où ils mettront deux siècles à se désagréger. Je faisais mon lit, je rentrais avant dix heures. Je croisais les jambes en m'assoyant. Je ne jetais pas mes vêtements par terre et je ne fumais pas de cigarettes en cachette. Consciente d'être bénie, je m'efforçais d'offrir à mes parents le parcours sans faute qui leur ferait oublier que j'étais leur seule descendante. En échange de ma lente ascension vers la canonisation, ils se vantaient partout d'avoir une fille parfaite. Ça, aussi, créait en moi un malaise, d'autant que ma mère, déjà naturellement bavarde, enfilait alors les superlatifs avec une verve gênante.

J'étais à l'université depuis quelques années et j'apprenais finalement à me passer d'eux. Maman a téléphoné pour m'annoncer qu'ils me rendaient visite. La chaussée était glissante et on prévoyait une tempête de neige. Intoxiquée par Numéro Deux, dont les rendez-vous accordés au compte-goutte me tenaient aux aguets, je n'avais aucune envie de les voir se pointer chez moi et j'ai fait valoir une liste persuasive de prétextes. Ils ont quand même pris la route, je leur manquais trop.

Le plus intolérable, quand je pense à leurs corps serrés sous la carlingue du camion qui les a écrasés, c'est que je vois d'abord les mèches collées de trop près au front de mon père et que j'entends constamment le babillage frivole de ma mère. Puis, je me déteste de les avoir aimés aussi discrètement, moi qui les adorais. Même avec Matteo, j'ai toujours eu tendance à ne rien exprimer qui dépasse. Je n'ai jamais été du genre à faire rimer quoi que ce soit avec « toi et moi ». Pas non plus portée sur les diminutifs sucrés, de peur d'avoir l'air ridicule. Avec Aisha, je voulais que ce soit différent.

À partir du moment où la petite entrait de son plein gré pour se faire sécher et dorloter au rez-de-chaussée, Francesca s'est mise, petit un, à parler et, petit deux, à parler français. Pas comme une docteure en linguistique, mais de manière néanmoins compréhensible.

— C'est la fille de journal. S'appelle Thalie. Elle est dix ans la prochaine semaine et toi emmener moi à la *festa, venerdi.* Deux heures. Tu pas oublier.

Bien sûr que non, moi pas oublier. Mieux, moi acheter cadeau de la part de Francesca. Qu'est-ce qu'elle voulait lui offrir? J'étais prête à passer des heures dans un magasin de jouets au milieu des poupées, des livres et des casse-têtes en trois dimensions. Ça m'aurait non seulement distraite, mais ravie. Non. Francesca avait son idée toute faite et elle n'a manifesté aucun désir d'en discuter. J'avais pour mission de trouver un cadre pour la grande photo en couleurs de Barack Obama qu'elle avait soigneusement découpée dans un *Paris Match* et qu'elle sortait d'un tiroir pour me la montrer, comme s'il s'agissait d'un original de Rembrandt.

J'ignorais que Francesca était démocrate et, compte tenu de la nette avance qu'elle avait prise sur moi avec Aisha, j'ai pensé qu'elle voulait offrir à la fillette une raison de croire que le monde dans lequel elle grandirait allait bientôt basculer vers le mieux. Je n'ai rien contre l'optimisme, au contraire. Et puisque nous communiquions désormais si bien et que Francesca avait probablement d'autres tours dans son sac, pouvait-elle me dire où était Matteo ?

Un éventail de personnes enthousiastes défilaient sur l'écran plat du rez-de-chaussée en nous expliquant, d'une voix inspirée, qu'il suffisait de glisser ses vieux bijoux en or et ses diamants dans l'enveloppe préaffranchie que fournissait gracieusement la compagnie et, une semaine plus tard, on recevait de l'argent comptant qui nous permettait de réaliser nos désirs les plus chers. Les mots « une semaine » et « argent comptant » clignotaient en majuscules dorées sur les visages heureux de ces gens comblés qui comptaient et recomptaient une liasse de petits billets. J'ai fermé le téléviseur.

Francesca s'est agrippée aux accoudoirs de son fauteuil en se balançant lentement et, pendant un moment, j'ai cru qu'elle avait l'intention de faire la sieste. L'impatience commençait à me frôler d'assez près pour que j'aie envie de résilier son bail, mais elle a fini par murmurer quelque chose.

— *Bisognadimenticarlo.*

Il n'y avait rien à comprendre à cette macédoine de sons, mais quelque chose me disait que la vérité allait enfin m'être révélée. Je me suis précipitée en haut pour chercher mon dictionnaire. Quelques minutes plus tard, je me rasseyais devant elle, essoufflée, enjouée, énergisée, ensoleillée. Je lui ai demandé de répéter. Ses lèvres ne se sont même pas entrouvertes. Comme je ne me formalisais plus de son obstination, j'ai tout repris du début, sans son aide. En vain. Pas de *bisogna,* dans le dictionnaire, pas de *dimenti,* et le prénom de Carlo n'évoquait absolument rien. Je tournais les pages à la recherche d'indices. Comme d'habitude, ma belle-mère s'est mise à renifler.

— Il faut oublier lui.

— Hein?

— Matteo. *Bisogna dimenticarlo.*

Elle pleurait maintenant. Des sanglots maladroits et bruyants. Le fragile échafaudage qui me gardait la tête hors de l'eau a bougé. Même sa mère n'attendait plus Matteo. J'étais consternée, nullement prête à me résigner et, pourtant, apparemment vaincue. Il se pouvait donc qu'il ne rentre pas à la maison. Là, dans le salon de Francesca, à quatre heures et demie de l'après-midi, dans un décor des années cinquante qui respirait l'ennui, il se pouvait qu'il ne revienne jamais. Je me suis assise à côté de Francesca et je l'ai prise dans mes bras. Nous avons coulé ensemble.

Chez moi, le répondeur clignotait comme un phare et, malgré tout, j'ai nagé une dernière fois jusqu'à lui, portée par un reste d'espoir furtif. C'était toujours pareil, mon hypothalamus produisait une surdose de dopamine avant même que j'aie écouté les messages. Abonnée à la déception, j'essayais quand même de rester calme, mais il faut admettre que, certains jours, à l'impossible, nul n'est tenu.

Daphnée Sanschagrin se nommait d'entrée de jeu. Comment osait-elle appeler Matteo chez lui ? Elle lui servait du M. Jordi et du vous long comme le bras. Elle était rentrée de Moscou, avait lu son courriel là-bas, avait été incapable de répondre à cause du clavier en cyrillique, bla-bla-bla. Elle s'excusait de téléphoner chez lui, mais il y avait une inondation dans son appartement et son ordinateur ne fonctionnait plus, elle lui raconterait, est-ce qu'il avait reçu sa carte ? Elle espérait qu'il allait bien, elle enverrait le manuscrit chez l'éditeur qu'il lui avait suggéré, elle était enchantée, merci, merci, pour tout.

Pour tout quoi ?

J'ai réécouté plusieurs fois. Cette exubérance m'horripilait. J'avais vu juste, la carte postale russe, c'était bien elle. Mais pour le reste, je m'étais mis le doigt dans l'œil. Elle apprenait à Matteo que son appartement avait été inondé, il ne s'y était donc pas réfugié. Il lui avait envoyé un courriel pendant qu'elle se trouvait en voyage, il n'était donc pas avec elle. Manuscrit, éditeur... Elle voulait peut-être faire publier sa thèse sur les alexandrins à rimes plates alternées. Sauf si Matteo s'était choisi une assistante schizophrène, je n'avais pas affaire à celle que je croyais.

La mouche m'observait selon six mille angles différents, à cause de ses yeux hypocrites à facettes. J'ai agrippé, sur la table à café, un numéro de la revue littéraire dans laquelle Matteo publie trois fois par année et je l'ai tuée. D'un coup sec et cruel.

Aisha voulait que je l'appelle Thalie. J'étais prête à tous les compromis pour me rapprocher d'elle et ce n'est pas un changement de prénom qui allait me contrarier. Si j'avais eu une fille, j'aurais voulu que ce soit elle. Elle s'agitait sur son tabouret en monologuant de sa voix chantante. Quand elle sera grande, elle aura de longs cheveux raides et lisses, elle vivra avec son père et dansera sur YouTube avec Léa. Je l'écoutais croire en l'avenir, c'était réconfortant. Toutes les Aisha du monde devraient pouvoir rêver loin. À plus forte raison la mienne.

Sa complicité avec Francesca me sidérait et je me contentais, la plupart du temps, de les regarder réussir ce que je ne savais pas faire malgré quarante ans chez les humains. Elles avaient des secrets auxquels

Je n'étais pas conviée et, bien que l'heure qu'elle passait chez Francesca, quotidienne et animée, marquât désormais le meilleur moment de la journée, je laissais filer un bon quart d'heure en tournant en rond à l'étage avant de les rejoindre.

La jalousie n'a jamais été mon fort. Numéro Un m'a appris le partage bien avant que j'aie le temps d'imaginer les charmes de l'exclusivité amoureuse. Numéro Deux avait l'habitude d'appeler sa femme devant moi pour lui conter fleurette, pendant que je mettais la touche finale à de somptueux repas post-coïtaux qui m'avaient demandé des heures de préparation. Quand j'ai eu Matteo à moi toute seule, la gratitude est devenue ma seconde nature. Je lui aurais pardonné toutes les petites culottes rose pâle du monde s'il avait eu l'élégance de m'en glisser un mot. Je ne me suis jamais senti le droit d'exiger le monopole de l'amour, tout juste celui d'être actionnaire majoritaire. Aussi, que Francesca et Aisha s'aiment sans moi me paraissait naturel. Si j'avais eu une fille, j'aurais commencé par lui enseigner la générosité.

Le matin de son anniversaire, Aisha est arrivée trempée malgré l'imperméable aux couleurs du journal fourni par son employeur, dans lequel elle s'était encapuchonnée. Inquiètes à cause du mauvais temps, Francesca et moi l'attendions ensemble à l'entrée avec une serviette chaude. Les cheveux et le visage aussitôt séchés, elle nous débitait déjà ses aventures avec sa virtuosité d'enfant.

— Ma mère m'a expliqué comment on lit un test de grossesse. Tu savais, toi, qu'il fallait une ligne dans le grand rond pour avoir un bébé ? Alors hier elle me trouvait assez grande pour comprendre ça. Et, aujourd'hui, elle me trouve trop petite pour marcher sous la pluie. Je lui ai dit : « J'ai dix ans depuis même pas une heure et tu voudrais gâcher la journée la plus importante de ma vie ? »

Le ciel trop bas ne permettait pas de se croire en plein été, ni à l'aube d'un nouveau jour. Le débit de la pluie avait un peu ralenti, mais les ruisseaux qui dévalaient les rues déversaient leur surplus d'eau dans les bouches d'égout à un rythme inquiétant. Le ciel ne s'éclaircissait pas pour autant et, comme la mère d'Aisha, j'aurais probablement insisté pour la garder à la maison. Mais je me suis contentée de lui retirer ses sandales pour lui essuyer les pieds. Francesca a préparé le lait au chocolat et un autre moment de grâce a éclairé le rez-de-chaussée.

Au bout d'une heure, la gamine se préparait à repartir et j'ai insisté pour la raccompagner en taxi, même si elle n'habitait pas très loin. Le trajet s'est déroulé en silence sur fond d'essuie-glaces, elle, signalant la présence de rares piétons au chauffeur et lui, s'efforçant de ne pas les arroser plus que nécessaire. Je n'étais jamais entrée dans son HLM, et jamais dans aucun HLM d'ailleurs, ce qui montre bien que nous, les réviseures surinformées, nous nous offusquons de la pauvreté surtout le soir à dix heures, devant la télévision. Les deux tours roses veillaient pourtant sur le quartier depuis que j'y habitais. Je les avais contournées pendant des années, sans leur prêter une grande attention.

— Tu oublies pas : c'est à deux heures et tu prends cette entrée. Tu sonnes, on est au septième et je serai à la porte de l'ascenseur, a-t-elle lancé avant de refermer la portière et de partir en tirant son chariot mouillé.

Si j'avais eu un enfant, j'aurais voulu que ce soit Aisha parce que les petites filles ne soupçonnent pas tous les dangers qui les empêcheront d'être à la hauteur de leurs promesses. Même ici, où on ne les noie pas dans la rivière à la naissance, où on ne leur arrache pas les livres des mains, où on ne les mutile pas sous prétexte de préserver leur virginité, où on ne les marie pas à neuf ans et où on ne les cache pas sous trois mètres de tissu.

Je suis certaine que mon Aisha aurait été à l'abri avec Matteo et moi, mais il m'arrive de douter qu'elle l'eût été auprès de moi toute seule. Qui sait si je ne lui aurais pas transmis le gène qui l'aurait empêchée d'avancer vers le minimum requis ? La mère d'Aisha était monoparentale et elle avait, malgré cela, réussi un chef-d'œuvre avec sa fille. Je le lui dirais. Ça lui ferait plaisir. Nous deviendrions des meilleures amies, avec des rendez-vous improvisés, des conversations interminables au téléphone et, au bout d'un certain temps, peut-être des confidences. Mon inexpérience dans le domaine ne jouait pas en ma faveur, mais j'étais prête à suivre un cours de rattrapage. C'est Matteo qui aurait été étonné d'apprendre que j'étais parvenue à me lier à quelqu'un qui n'avait strictement rien à voir avec lui.

En attendant, je voulais qu'Aisha sache que le monde lui appartenait. Je lui ai choisi un globe terrestre pour son anniversaire.

Vers midi, un vent mauvais s'est levé qui a fait chahuter les arbres assez fort pour qu'on les croie sur le point de se briser. Il ne s'était pas encore calmé quand Francesca et moi avons entrepris de nous rendre à l'anniversaire. Nous avions passé le reste de la matinée à surveiller l'extérieur, en essayant de nous cacher mutuellement notre nervosité. Se rendre jusqu'au taxi nous a demandé autant d'effort que de détermination.

— Après vous, je ne prends plus de clients! a hurlé le chauffeur en nous ouvrant la portière, avant de pester contre les changements climatiques et de reprendre le volant de sa minifourgonnette.

Je n'ai rien dit.

Au croisement du boulevard et de l'immeuble d'Aisha, les hommes d'une équipe d'urgence s'affairaient et l'éclairage des gyrophares colorait ce début d'après-midi d'un air de Noël. Il fallait faire un effort pour se rappeler que nous n'étions qu'en juillet. Personne ne circulait plus dans les rues et le taxi nous a déposées devant la bonne entrée, avec seulement quelques minutes de retard. Les baleines de nos parapluies se sont tordues sous la force des bourrasques et les quinze pas qui nous séparaient du portail ont représenté autant d'obstacles. Je n'avais jamais serré Francesca d'aussi près. Dans le hall, je lui ai redonné sa canne, je l'ai aidée à refaire son chignon devant les boîtes aux lettres et nous avons essuyé nos visages mouillés. Pendant que l'ascenseur nous hissait au septième étage, je crois bien qu'elle m'a souri en tenant contre elle le sac qui contenait sa carte et son cadeau.

Comme elle nous l'avait promis, Aisha attendait sur le palier. Elle virevoltait dans le couloir pour nous montrer sa robe jaune, assortie aux barrettes qu'elle avait dans les cheveux, et trépignait d'excitation en lorgnant nos paquets. Nous l'avons suivie vers la gauche tandis qu'elle réveillait tout l'étage en hurlant à la cantonade :

— La surprise est arrivée !

J'ai posé les parapluies près de la porte ouverte que décoraient des ballons et, en franchissant le seuil, j'ai cherché du regard ma future amie. À part Aisha, personne n'avait la peau foncée dans le petit appartement, même pas un fond brun moyen ou marron pâle, même pas un bronzage ultraléger. Par contre, j'ai tout de suite reconnu le bonnet de Léa, enfoncée dans le canapé avec un ordinateur sur les genoux et une fille plutôt ronde à ses côtés. Quand la fille plutôt ronde a levé la tête, j'ai constaté qu'elle était trop jeune pour être la mère d'Aisha. Toutes les deux m'ont saluée brièvement.

— Moi, c'est Léa.

— Moi, c'est la gardienne.

De l'autre côté de la pièce, une jeune femme au corps filiforme a contourné le comptoir de la cuisine pour nous débarrasser de nos paquets.

— Je suis Catherine, la maman de Thalie. Excusez ma surprise, Thalie ne m'avait pas dit que vous étiez des… des adultes, quoi ! C'est tout à fait elle de ne pas me prévenir, elle fait toujours tous ces mystères. Francesca par ici, Béatrice par là, j'attendais plutôt des enfants, vous voyez ! Installez-vous, je vais accrocher vos imperméables. Je mets les cadeaux ici. C'est fou ce temps, non ?

Elle était déjà repartie. Je me suis détendue. Aisha entraînait Francesca dans sa chambre pour la lui montrer, Léa criait « J'ai gagné ! » Catherine ne revenait pas et je suis restée debout entre la petite cuisine et le salon blanc, dépaysée et contente d'être là, transplantée dans l'univers d'Aisha. Je pouvais enfin penser à autre chose qu'à mes soucis domestiques et j'avais l'intention d'en profiter. Puis, tout le monde est revenu et les perturbations ont commencé en même temps que la fête.

Pendant un jeu qui nous collait à toutes un mot sur le front qu'il fallait deviner, quelqu'un a mentionné le prénom de Daphnée et la gardienne a pris la parole. Reste calme, me suis-je grondée, sans toutefois pouvoir m'empêcher de demander :

— Avec un *e*?

Ma question s'est perdue dans le flot de paroles qui a fusé et j'ai essayé de me concentrer sur mon mot qui n'était ni un animal, ni une plante, ni un caillou. Il devait bien exister quelques dizaines de milliers de Daphnée sur la terre et je n'étais pas obligée de constamment tout ramener à moi. Mais, cinq minutes plus tard, Daphnée expliquait qu'elle avait découvert les meilleurs cornets de crème glacée au monde en face du Kremlin. J'ai failli m'étouffer. Cette fois, j'ai mis un *e* à son prénom. J'aurais voulu entrer dans la conversation pour connaître les détails sauf que, pendant que je toussais encore, le débat a dérapé vers les glaces italiennes. Francesca, qui réussissait décidemment très bien à suivre la conversation, vantait plutôt celles de Rome. Comme Léa découvrait en même temps que son mot était « escargot », mon enquête a tourné court.

Alors que Catherine se levait pour nous apporter un bol de popcorn et des verres de limonade, je me suis avancée vers Daphnée. Quand donc était-elle rentrée de Moscou ? Ma voix chevrotait un peu. Pas la sienne. Deux jours plus tôt. Premier voyage. Formidable. L'avion du retour sentait le vomi à cause des turbulences. Elle avait trouvé son studio inondé, il avait fallu jeter le matelas, le concierge l'avait aidée. Heureusement, Catherine et Thalie l'hébergeaient et elle dormait là, par terre, dans un sac de couchage trop petit pour elle. Le pire, c'était son ordinateur.

— Mais mon disque dur a survécu ! a-t-elle conclu en riant.

Puis, en me regardant pâlir, sans doute :

— Est-ce que ça va ?

Je ne me souvenais pas d'avoir eu autant besoin d'une meilleure amie et d'un verre de vin. Dans la cuisine, je me suis empressée d'offrir mon aide à Catherine qui disposait des carottes et des céleris dans une assiette. En état de choc, je n'arrivais pas facilement à générer la conversation, mais j'ai quand même réussi à lui expliquer comment nous connaissions Aisha et à lui dire tout le bien que je pensais de sa fille. Plus à l'aise que moi, elle bavardait volontiers en me racontant des anecdotes qui trahissaient son amour maternel, tout en me laissant l'impression que la monoparentalité était un désert où on était parachutée sans équipement de survie. J'avais peut-être une ou deux fusées incandescentes en réserve, est-ce qu'elle accepterait un peu d'aide ? Ses bras, qui entraient et sortaient de l'évier où elle rinçait maintenant des couverts, sont restés immobiles sous le robinet et j'ai eu l'impression qu'elle était intéressée. Je lui ai pris les cuillères des mains pour les essuyer.

— Je ne dis pas non. Surtout que…

— Surtout que quoi ?

Elle vidait l'eau et attrapait une serviette de ses mains mouillées.

— Eh bien, en ce moment, ce n'est pas toujours facile avec elle. Et je sais que Thalie vous aime bien.

Dans l'état de décrépitude affective où je me trouvais, cette phrase m'a électrifiée et je me suis efforcée de ne pas trop éclabousser le comptoir de la joie secrète qui me chatouillait tout à coup les joues, les mains, les pieds. Aisha m'aimait bien ? Tout mon corps s'est gonflé d'un sentiment si puissant que j'ai fait mine de ranger les cuillères en ordre alphabétique pour contenir son explosion. Rien ne m'avait préparée à ce que la vie m'attende au tournant avec de nouvelles largesses. Aisha et moi autour de la grosse table en chêne de notre salle à manger, à la pêche aux moules-moules-moules. Francesca pourrait se joindre à nous et, pourquoi pas ? Catherine. Les verres de lait et la tarte aux pommes. Le cinéma, le samedi. La première fois qu'elle dormirait chez moi. Je l'emmènerais dans un musée. Je l'aiderais avec ses devoirs de français. On planifierait des vacances à la mer. J'avais soudain des projets pour les vingt prochaines années.

— Et si on se tutoyait ? j'ai fait, sans pouvoir arrêter de sourire.

J'ai volé vers les autres, l'assiette de crudités à la main et une hélice dans le dos. Le jeu des mimes a commencé sans que je puisse m'approcher de Daphnée, que je me contentais d'observer en diagonale. Puis, Léa et Aisha ont dansé sur un rap qu'elles avaient écrit et que nous avons tant applaudi qu'elles nous l'ont présenté une deuxième fois. Comme les rappeuses étaient pieds nus, c'est Léa, la première, qui s'est rendu compte que le tapis était humide. Derrière le rideau, la pluie fouettait le vitrage de la porte-fenêtre et s'infiltrait, sans doute depuis un moment, sous l'armature en acier. Les filles ont alors couru chercher des serviettes qu'elles ont roulées par terre et que nous avons essorées à tour de rôle, toutes les demi-heures.

Personne ne s'est inquiété outre mesure et nous sommes passées à table pour la pizza, le gâteau, les bougies et les surprises, parce qu'Aisha ne tenait plus en place. La voir s'extasier devant chacun de ses cadeaux, entourée de papier d'emballage que Catherine récupérait minutieusement, m'a rendue aussi heureuse qu'elle. Barack Obama et le globe terrestre trônaient au milieu de la table. Catherine avait abonné sa fille à un cours de danse pour la rentrée. Léa lui avait offert une brosse à dents de voyage et Daphnée, des *matriochkas* rapportées de Russie, que les filles ouvraient, les unes après les autres, en les disposant autour du Président qui souriait à la terre.

— C'est le meilleur anniversaire de ma vie! s'est exclamée Aisha pour nous remercier.

— Moi aussi, ont ajouté Daphnée et Léa en chœur, avant que les trois ne se mettent à pouffer.

Bien que ce soit l'heure, Francesca et moi ne nous décidions pas à partir. Assises avec les autres, nous faisions durer les dernières miettes dans nos assiettes. Daphnée, à ma droite, s'était avérée d'un commerce plutôt agréable. Usant de stratégie, je l'ai entretenue de littérature et nous avons bavardé poésie, charme de la rime plate, université, département, connaissances communes. Nous étions à deux doigts d'arriver au bureau de Matteo quand le courant s'est éteint avec un boum sonore et des pétarades affolantes, nous plongeant brusquement dans la pénombre. En même temps, les éviers de la cuisine et de la salle de bain ont glougloutée bruyamment et nous sommes restées sonnées pendant un moment. Une rumeur a secoué l'immeuble. On entendait des portes claquer à chaque étage et les gens s'interpeller. Cette fois, il faut y aller, me suis-je dit pendant que Catherine rallumait les bougies du gâteau et qu'Aisha en cherchait de plus grosses dans un tiroir. J'ai fait un signe discret à Francesca qui a aussitôt décidé de s'intéresser au globe terrestre pour montrer à Léa où se trouvait l'Italie. Au fond, moi non plus je ne tenais pas à rentrer.

La panne, qui semblait affecter la ville entière, se prolongeait. Dehors, on n'y voyait rien, pas même des clignotants de voiture, pas même un halo distant, pas même les éclairs du tonnerre qu'on entendait pourtant, avec le vent qui sifflait. La pluie s'abattait en torrents épais. Il n'était absolument plus question de sortir. Francesca n'aurait pas pu descendre à pied dans le noir et on ne savait pas ce qui nous attendait en bas. Déjà qu'en haut, l'eau saturait de plus en plus rapidement les serviettes qu'il fallait tordre dans un seau que les fillettes vidaient au fur et à mesure. Catherine a voulu appeler pour savoir quand reviendrait l'électricité et elle a découvert que le téléphone aussi était en dérangement. Même chose chez les voisins.

On a frappé à la porte. Armée d'une lampe de poche, la mère de Léa venait chercher sa fille, mais celle-ci l'a suppliée de la laisser rester encore un peu. C'est ainsi que les deux parents sont montés de leur cinquième étage pour passer un moment avec nous. La conversation a dérivé doucement, à mi-chemin entre la discussion et le badinage, chacun évaluant à sa manière l'orage, l'ouragan, la tornade qui nous séquestrait mystérieusement. Pendant ce temps, Francesca m'épatait de nouveau en prenant d'assaut la cuisine pour préparer des assiettes froides avec les restes du repas, qu'elle offrait gentiment aux nouveaux arrivés.

Quand Léa et sa famille sont reparties avec la lampe de poche, nous sommes restées assises dans le salon toutes les cinq, Francesca, Catherine, Daphnée, Aisha et moi. Les bougies jetaient une lumière blafarde sur la pièce. Collée à sa mère, Thalie posait trop de questions pour qu'on ne sente pas l'angoisse sur le point de gâcher ses dix ans. Nous avons encore improvisé des jeux, encore chanté des chansons et encore inventé des devinettes. Daphnée a raconté son voyage, les blinis au caviar, les espaces verts de Moscou, les kilomètres à marcher entre les stations de métro, les larges avenues et les coupoles dorées des basiliques orthodoxes. Je l'écoutais, jeune, sage, ardente. Elle me rappelait une autre Béatrice, celle qui avait encore vingt ans et des parents. Je commençais à la trouver franchement sympathique. Puis, tout à coup, Catherine s'est levée en demandant :

— Bon ! J'ai du vin rouge et Daphnée m'a rapporté de la vodka. Qui en veut ?

J'avais fini par croire qu'elle ne le proposerait jamais.

Jusqu'au matin, je n'ai pas eu peur. Mais la nuit a été longue. Chez les voisins, le ton baissait tranquillement, les uns et les autres finissant probablement par se coucher. Dans la chaleur étouffante de l'appartement, on ne percevait plus que les déferlements de l'extérieur. Plus la tempête devenait bruyante, plus nous nous rapprochions. Agglutinées sur le canapé, nous tenions toutes une tête, un dos, un pied, moi les jambes maigres d'Aisha qui s'était étendue sur nous et avait fini par s'endormir dans sa robe de fête jaune. Vers vingt-trois heures, Catherine l'a accompagnée jusqu'à sa chambre pour la mettre au lit. Quand elle est revenue, la fillette dormait profondément et nous avons parlé. Pas beaucoup et pas tout le temps. On aurait dit, malgré tout, que nous pratiquions depuis toujours l'habitude de veiller ensemble pendant les pannes de courant.

— Il faudra dire Thalie pour son papa. Elle penser que président américain et vouloir moi la voyager à Washington.

— Je sais. Je lui dirai.

Catherine évoqua les changements survenus chez sa fille depuis que Léa était tombée malade. Maintenant que la petite voisine sortait du cycle difficile des traitements, Thalie paraissait plus calme et Catherine avait décidé de lui consacrer tout son temps. Elle lui parlerait de son père, mais le choc risquait d'être grand.

— Elle ne s'imagine pas à quel point j'aurais voulu lui offrir un père qui aille au moins à la cheville de Barack Obama.

Le silence revint nous envelopper et l'une de nous se resservit à boire.

— Et toi, Béatrice. Tu es mariée? Tu as des enfants?

— Elle ma fille.

Francesca avait répondu à ma place avec un naturel ahurissant.

— C'est drôle, vous n'avez pas du tout le même accent.

C'était vrai que nous n'avions pas le même accent, mais ça n'avait aucune importance. J'ai senti la main de Francesca se glisser dans la mienne et je l'ai serrée tandis que Catherine expliquait que, à défaut de pouvoir voyager, elle choisissait ses amants à l'oreille. Tantôt un accent congolais, comme celui du père d'Aisha, tantôt l'Europe de l'Est, l'Amérique du Sud, l'Australie…

— Je fréquente les Nations Unies chaque fois que j'arrive à trouver une heure de vie privée. C'est-à-dire pas souvent ! Mais dès que les ambassadeurs menacent de me mettre sous tutelle, je change de camp.

La franchise de Catherine me médusait. En écoutant le vacarme se réinstaller pesamment derrière les rideaux, je me suis demandé si Matteo lui aurait plu et, si oui, pour combien de temps ? Quand nous en serions à une étape plus officielle de notre relation, je lui ferais peut-être écouter mon répondeur. En attendant, Daphnée reparlait de la Russie.

— À Moscou, les filles sont grandes et sexy… C'est dommage, parce que je serais bien allée étudier là-bas.

— Daphnée ! Depuis quand il faut mesurer cinq pieds huit pour faire une maîtrise ? Tu iras étudier à Moscou.

— Ce serait pour deux ans, ma mère ne voudra probablement pas.

— Ta mère voudra. Je lui parlerai.

C'est moi qui avais dit ça. C'était sorti spontanément. Peut-être que je voulais simplement l'aider à défroisser ses ailes. Mais peut-être aussi que j'étais fatiguée d'avoir si peu de liens avec si peu d'êtres vivants. Peut-être que j'envisageais la possibilité d'avoir une mère italienne, une enfant noire, une amie monoparentale et, pourquoi pas ? une autre qui parlait le russe, connaissait mon ex et savait peut-être pourquoi il avait tiré sa révérence aussi brutalement. J'allais dire quelque chose pour montrer ma détermination quand nous avons entendu ronfler. Francesca s'était endormie et, en contenant notre envie de rire, nous avons libéré le canapé pour l'allonger. Catherine lui a trouvé une couverture et aussi un coussin qu'elle a glissé dans une taie d'oreiller.

La bouteille de vin était vide et celle de vodka, bien entamée. Nous sommes restées encore un peu dans la pénombre, jusqu'à ce que le vent et la pluie diminuent d'intensité. Il devait être minuit passé. Daphnée a sorti son sac de couchage du placard de l'entrée et commencé à le dérouler par terre, entre la cuisine et le salon. J'ai calfeutré à nouveau le bas de la porte-fenêtre avec un drap sec et mis le seau et les serviettes trempées dans la baignoire. Catherine m'a proposé de partager son lit, et j'ai dit que j'irais plus tard. J'ai éteint la seule bougie qui brûlait encore et je me suis assise dans le petit fauteuil en coin, les yeux bien ouverts. J'avais décidé d'assurer le quart de nuit.

Le travail de réviseure, bien qu'il soit parfois carcéral, me va comme un gant. J'aime la logique des mots, des accents et des virgules et je ne suis jamais aussi rassurée que lorsque tout ce petit monde trouve sa place. Là, tandis que les murs tremblaient dans le remous qui nous emportait autre part, je n'avais ni dictionnaire, ni grammaire. J'entendais la respiration de locomotive de Francesca qui ne faisait pas le poids avec la tempête. Tout grinçait et craquait. Pourtant, je me sentais en sécurité. Les dernières heures avaient imprimé leur douceur sur mon moral.

Ce n'est pas comme si je ne comprenais pas que les filles attendaient, l'une son père et l'autre, une rémission définitive. Ou que les soucis de Catherine et la fragilité de Daphnée ne me crevaient pas les yeux. Pas comme si je n'avais pas enfin saisi que Francesca rêvait d'une famille. J'avais perdu Matteo, on traîne tous un sac de plomb. Une dose irrationnelle d'optimisme m'a envahie malgré tout.

Aisha vivait avec moi depuis maintenant cinq semaines. Chaque jour, je courais au stade pour la sortir de son trou avant qu'il ne soit trop tard. Je la déterrais rageusement, jusqu'à en avoir les mains noires et les muscles broyés. J'injuriais la milice qui finissait par baisser ses armes et nous laisser partir. Après, je consolais mon amie, je soignais ses blessures, je réinventais ses treize ans. Du moins je le croyais. Cette nuit-là, dans le petit fauteuil en coin, j'ai bien vu que c'était elle, tout ce temps, qui avait veillé sur moi avec sa robe jaune et ses barrettes assorties. Elle, qui m'avait poussée tout doucement vers Thalie, puis vers Francesca, et qui me présentait maintenant Catherine et Daphnée.

Aisha m'invitait à m'abriter sous les parapluies grands ouverts que me tendaient les autres. Je l'ai serrée si fort pour lui dire merci, qu'elle a peut-être cru que je l'abandonnais. Je l'ai vite rassurée. Elle me léguait trop de son courage pour que je puisse l'oublier un seul jour. J'ai caressé son visage une fois encore avant de l'embrasser et de la laisser repartir vers la forêt trop grande des enfants martyres. Nos bras ont tardé à se dénouer. Au dernier moment, je lui ai rappelé de bien se couvrir, à cause de la pluie.

J'ai dû m'endormir malgré moi parce que c'est le silence qui m'a réveillée. Quand j'ai ouvert les yeux, une lueur blanche me permettait de distinguer la forme des meubles du salon, celles de Daphnée, par terre, et de Francesca, sur le divan. J'apercevais le comptoir de la cuisine et Barack Obama qui veillait sur le globe terrestre au milieu de la table, où s'attardaient encore nos assiettes. Le jour se levait.

En m'extrayant du fauteuil, j'ai cru que j'avais cent quatre ans. Devant la porte-fenêtre, j'ai enlevé le drap trempé et tiré le rideau sans faire de bruit. J'ai ouvert la porte pour laisser entrer l'air. On suffoquait à l'intérieur. Je me suis avancée sur le balcon jusqu'à la balustrade. Mon cœur battait à tout rompre quand j'ai senti une présence à côté de moi. Thalie, le visage ensommeillé, habillée d'un pyjama rouge à pois verts, s'approchait, pieds nus. Du regard, elle a contemplé l'aube qui affleurait. La pluie avait cessé. Les vents s'étaient calmés.

— C'est ça, la mer?

Je l'ai prise par la main et j'ai dit:

— Viens, Thalie. On va réveiller les autres.

Le grand fleuve sortait de son lit tous les deux ou trois ans. Poussé par les embâcles du printemps et de fortes crues, il remontait au-dessus des berges, se hasardait sur la route, se faufilait à travers les espaces de stationnement et léchait la devanture des commerces situés dans la partie la plus ancienne de la ville. Le débordement durait quelques heures, parfois une journée entière, provoquant la fermeture des ponts et le détournement momentané de la circulation. Les citadins, habitués à ces désagréments, se plaignaient pour la forme jusqu'à ce que tout rentre à nouveau dans l'ordre et qu'on n'en parle plus.

Le trente-quatrième jour de la disparition de Matteo créa l'exception. Le niveau de l'eau, gonflé par les précipitations, s'éleva d'abord lentement tandis que le sol, encore imprégné de la fonte des abondantes neiges de l'hiver précédent, se gorgeait plus que d'ordinaire. L'eau menaça de ne plus trouver où se déverser et, durant les jours qui précédèrent l'inondation, les autorités aux aguets mesurèrent nerveusement sa hauteur, sa cadence et leur progression, sans toutefois se résigner à imposer des mesures draconiennes qui risqueraient de nuire à la saison touristique, déjà mal engagée à cause de la météo. Un remblai fut néanmoins aménagé au dernier moment, aux endroits les plus problématiques, et la route longeant le fleuve fut temporairement fermée.

Cent vingt familles vivaient dans le HLM et un grand nombre d'entre elles en avaient vu d'autres. Fuyant la guerre, la tyrannie et les camps de réfugiés, elles ne s'habituaient peut-être pas aux rigueurs du climat et comprenaient sans doute mal pourquoi, dans cette ville, tout le monde courait sans cesse. Mais c'étaient des gens aguerris aux catastrophes.

Bien avant que la foudre ne s'abatte sur les lignes de transport électrique, entraînant une cascade de disjonctions qui allaient plonger la ville dans le noir, M. Sànchez, du troisième étage, rassembla une quinzaine d'hommes à l'extérieur pour voir ce qu'il en était. Dans son pays d'origine, M. Sànchez pratiquait le métier d'ingénieur et il n'eut pas à réfléchir longtemps pour constater que le torrent d'eau qui dévalait la rue n'annonçait rien de bon. D'autorité, il ordonna au groupe d'aller chercher du renfort et des outils. Lorsqu'une petite foule se trouva réunie sur le parvis, il assigna une équipe à chacune des quatre entrées qui perçaient le mur de béton entourant les deux tours. Aux autres, il demanda de frapper au plus grand nombre de portes possible, dans les rues avoisinantes, pour faire sortir de chez eux les gens du quartier et les rameuter dans l'enceinte du HLM.

Pendant plus de trois heures, les hommes et les femmes piétinèrent, pelletèrent, déversèrent et entassèrent pour barricader les entrées. Ils s'abîmèrent la gorge à vociférer pour se faire entendre. Le vent et la pluie traversaient leurs vêtements. Le café chaud et les flasques d'eau-de-vie qui circulèrent, apportés à tour de rôle par les locataires des premiers étages, ne suffirent pas à les réchauffer.

Quand la ville fut plongée dans le noir, près de deux mille personnes avaient accepté de fuir leur logement pour se réfugier entre les murs du HLM. Elles furent accueillies cordialement. Des portes et des bras s'ouvrirent, ainsi que des divans-lits. On sortit les olives et la tequila, les couvertures et les oreillers. On poussa des meubles pour faire de l'espace et des acclamations quand les appartements, pourtant reconnus pour leur exiguïté, réussirent à contenir deux ou trois fois plus de monde qu'à l'ordinaire. Le quartier fit connaissance dans une promiscuité joyeuse et transitoire. Sans fla-fla et sans non plus qu'il soit nécessaire de parler parfaitement la même langue.

La première goutte à traverser le remblai fut si discrète qu'elle se confondit sans peine avec la pluie. Ce sont les suivantes qui firent dévier les événements. Elles arrivèrent en amont, avec les marées fortes de la pleine lune, mais aussi en aval à cause des ruisseaux, des rivières et des lacs qui se frayèrent des passages insolites en suivant l'inclinaison des sols. Leur accumulation rapide leur permit de jaillir en flaques d'abord, petits sacs d'eau qui éclataient sur la terre vaseuse des berges, puis en longues vagues pointues qui la dentelèrent. Incapable de se contenir davantage, le fleuve prit ses aises tout de bon et déborda. Il chemina d'abord près des rives avant d'empiéter sur l'asphalte et de se déplacer latéralement, comme un crabe royal, le ressac lui assurant chaque fois davantage de terrain. En peu de temps, il accéléra son rythme au point de se précipiter sur la vieille ville avec l'impatience d'un secret mal gardé. Il traversa les rues et arracha des clôtures, abîma des bancs de parc, des monuments, des lampadaires. Il recouvrit les jardins, noya les fleurs et déracina les arbres les plus fragiles. Mais il ne s'arrêta pas là. Allongeant son bras plus loin, il s'approcha des quartiers résidentiels où il entra sans précaution, forçant les sous-sols, mordant les structures de bois, exerçant une pression brutale sur les fondations qui s'ébranlèrent les unes après les autres avec un bruit furieux. Les obstacles disparurent sous sa force et il put alors glisser sur une surface lisse, charriant ce qui se trouvait devant lui. Voitures, motocyclettes, électroménagers et meubles, mais aussi de menus objets, amoncellements de bibelots, d'ustensiles, de lampes, de vêtements, de livres, de bijoux. L'eau sale, gavée de boue et de mazout, déchira ce qui tentait de lui résister et le grand fleuve continua à se déplacer jusqu'à ce qu'il rejoigne la rivière qui bordait le nord de la ville. Il était devenu un océan.

Béatrice s'avança jusqu'à la balustrade. Avant de remarquer la foule groupée dans les fenêtres du HLM, rassemblée sur les toits et entassée sur les balcons, elle contempla l'eau à perte de vue dans laquelle baignait sa ville. Les repères avaient disparu. Terrains, rues, quadrilatères, arrondissements, il ne restait plus de frontières. Seulement ce miroir, renversant, que le lever du jour bleuissait d'ombres.

À chaque étage des deux tours, les portes coulissantes continuaient de s'ouvrir et les gens, toujours plus de gens, mettaient le nez dehors, aussi hébétés que Béatrice. Des centaines de visages silencieux, serrés les uns contre les autres, posaient un regard ébahi sur le lointain. Au milieu de l'eau, le HLM ressemblait à une île.

Béatrice prit Thalie par la main et rentra pour réveiller Francesca, Catherine et Daphnée. Tandis qu'elles étaient à l'intérieur, un bruit de moteur rompit le silence. Le premier hélicoptère qui survola la ville arrivait par le sud. Le pilote bredouillait dans son micro en essayant de décrire la scène qui s'étalait sous lui. Les équipements légers de la garde côtière surgirent, mais aussi des embarcations de toutes sortes, kayaks, voiliers, canots, qui affluaient d'on ne savait où et commencèrent à circuler lentement à travers les débris. Les navigateurs lançaient des mots rassurants aux naufragés. Il y en avait partout. Agglutinés aux poteaux. Rassemblés dans les parties supérieures des bâtiments. Perchés aux arbres. Cramponnés aux amas difformes qui flottaient ça et là. Des clameurs s'élevaient de toutes parts. Les mains se tendaient. Un secouriste habile décrocha d'une branche une écharpe verte et rouge, sur laquelle le mot *Italia* s'inscrivait en grandes lettres blanches, et s'en servit pour tirer à lui un couple et leur bébé qui hurlait.

Non loin de là, Catherine et Béatrice aidaient Francesca à accéder au balcon. Daphnée les suivait en robe de nuit, tandis que Thalie, le téléphone sans fil à la main, composait le numéro de Léa. Toutes les cinq se resserrèrent jusqu'à former une cellule compacte, inattaquable. Leur regard se fixa sur l'horizon.

Le soleil allait se lever.

# NOTE DE L'AUTEURE

Tous les personnages de cette histoire sont fictifs, à l'exception d'Aisha, dont je n'ai modifié que la date de la mort. Selon Amnistie Internationale et plusieurs autres sources, Aisha Ibrahim Duhulow a été lapidée le 27 octobre 2008 par un groupe de cinquante hommes devant environ un millier de spectateurs dans un stade de Kismaayo, au sud de la Somalie. Violée par trois hommes, elle avait dénoncé ses agresseurs à la milice Al Shabab, qui l'a accusée d'adultère, placée en détention et exécutée. Elle n'avait que treize ans. Ses violeurs n'ont pas été arrêtés.

Les vers d'Eudore Évanturel, poète québécois du XIXe siècle, sont extraits de son seul ouvrage publié, *Premières poésies* (Québec, Augustin Côté et cie, 1878, p. 183-184).

La phrase de Marina Tsvetaïeva à Boris Pasternak est extraite d'une lettre de la poétesse à Pasternak en 1923. Elle a été publiée dans *Correspondance (1922-1936)* par la maison d'édition Syrtes en 2005. La traduction est d'Eveline Amoursky et Luba Jurgenson.

L'édition que j'ai consultée du *Docteur Jivago* de Boris Pasternak est celle du Livre de poche, parue en 1969. Les vers cités s'y trouvent entre les pages 671 et 677. La traduction française est de 1958, mais le nom du traducteur n'est nulle part mentionné.

Les mots de Maïakovski, « Cette planète n'est guère outillée pour la joie », sont souvent cités sans qu'en soit mentionnée la source. Selon Richard Greeman qui y fait allusion dans une préface rédigée pour la réédition, en anglais, de *Résistance* de Victor Serge (City Lights Books, 1989), ils seraient tirés de l'hommage funèbre que rendit Maïakovski à son ami Sergueï Essénine, également poète, mort en 1925 à l'âge de trente ans.

REMERCIEMENTS

Je remercie le Conseil des arts et des lettres du Québec pour son soutien qui m'a permis d'écrire à temps plein pendant huit mois.

Je dois beaucoup à mes premières lectrices, Dominique Eddie, Paule Lamarche et Julie Stanton, qui m'ont encouragée malgré les pages inachevées que je leur ai confiées.

Un grand merci à Henri Dorion pour ses remarques précieuses sur la Russie, à Jean-Marc Eddie pour les discussions à bâton rompu, à Patrick Eddie et Caroline Hachey, d'avoir pris le temps de relire les extraits se déroulant à l'hôpital et à Philippe Eddie et Pierre Eddie, celui de m'initier à la complexité des championnats de soccer.

Un merci tout spécial à Pauline Arseneault, Ariane Émond, Jean-Pierre Guay, Françoise Guénette et Micheline Savoie qui ont revu le manuscrit avec attention et générosité.

Enfin, à mon éditeur, Antoine Tanguay, merci pour la confiance, les conseils toujours justes et l'amitié.

Correction : Marie Pigeon Labrecque
Composition : Isabelle Tousignant
Conception graphique : Antoine Tanguay

Éditions Alto
280, rue Saint-Joseph Est, bureau 1
Québec (Québec) G1K 3A9
www.editionsalto.com

p.25 la première thésarde


ACHEVÉ D'IMPRIMER
CHEZ TRANSCONTINENTAL GAGNÉ
LOUISEVILLE (QUÉBEC)
EN MARS 2011
POUR LE COMPTE DES ÉDITIONS ALTO

GARANT DES FORÊTS INTACTES

L'impression de *Parapluies* sur papier Rolland Enviro100 Édition plutôt que sur du papier vierge a permis de sauver l'équivalent de 26 arbres, 82 365 litres d'eau et d'empêcher le rejet de 1 040 kilos de déchets solides et de 2 700 kilos d'émissions atmosphériques.

EcoLogo 100 % BIO GAZ ÉNERGIE

Dépôt légal, 1er trimestre 2011
Bibliothèque et Archives nationales du Québec